堕落

KazuMi
TakaHashi

JN199287

高橋和巳

P+D BOOKS
小学館

目次

堕落

——あるいは、内なる曠野

第一章

一

なぜ涙を流したのか。広大な新聞会館のホールには式典ののちの映画試写を楽しもうとする数多い参会者がつどい、彼が呟きはじめるだろう言葉を待っていた。旧知の者もあるいは混っていたかもしれない。真白なテーブルカバーが時折写真のフラッシュに輝き、あふれるように花のもられた青磁の花瓶が、体を支えている肘の震えにともなって微風に揺れるように揺れていた。たしかに長年の労苦があり、回顧すればまた当然秘められた罪や悲哀にもふれねばならなかった。しかし今、参会者の期待しているのは個人的な悲哀の蘇えりではなく、彼の年齢も場所柄をわきまえぬ抒情にはふさわしくなかった。

本当はこの世のためを思ってした行為ではないと暴露すべきだろうか。それとも私の施設より巣立っていった若者たちの幸せはまた我が幸せでもあると、厚顔な常套句に自己韜晦《とうかい》すべきであろうか。

最初に、栄誉をうける者として紹介されたのは、東洋第一を誇るダム建設に新しい工法をあみ出した技師たちの一団だった。痩身の技術課長が代表として賞状をうけとったとき、拍手が会場の片隅からまず起った。それは多分、本来なら代表者とともに壇上に居並ぶべき影の協力者たちだったろう。ひかえ目な拍手の音は、彼らがなし遂げてきたことに比して小さすぎた。だが会場の片隅で、分ちあうべき名誉を子供っぽく喜んでいる技師たちの表情は、卒業式の少年たちのように素直だった。代表者の敬礼も挨拶もまた簡単で朴訥《ぼくとつ》だった。つぎにスポーツ界に覇をとなえたバレーボールの女子チームが団体表彰され、意外に背丈の低い監督と圧倒的な体軀の団員一人が質素な服装で脚光をあびた。女子選手は美しかった。しかしそう見えたのは、控えの席から斜めにみている彼の審美眼が幾分、古風なものだったからかもしれぬ。監督がとつとつと話す訓練の経過には、また飾らずして、人をうなずかせるものがあった。スポーツは為すものにとっても、また見られる場にあっても常に透明なのだ。だが、順番がやがて彼にまわってきたとき、誇るべきなにものもそなわってはいないことを彼は唐突に自覚した。

「本年の社会福祉事業団体への表彰は、神戸郊外の兼愛園において、敗戦以来、混血児の収容と育成および職業指導に従事されました兼愛協会の方々であります」司会者はメモの紙きれをマイクに隠すようにしながら、園長青木隆造を紹介した。彼は壇上にななめに並べられた控えの座席から、会場の最前列にいて彼の顔をみつめている秘書と視線をあわせた。妻が病んでいて、代りに伴ってきた彼の事業の最初の共鳴者の顔は、彼女自身が雛壇に立たされるかのように緊張して蒼白だった。その緊張が感染したのだろうか。

「青木隆造氏は敗戦にいたるまで中国の東北、つまり満洲におられました。戦前、東亜同文書院を卒業されてのち、満鉄社員として上海より満洲にわたられ、当時の満洲青年連盟の一員として活躍され王道楽土の理想実現のために献身されたときますが、不幸、事態は周知のごとく青年の理想を裏切る方向にのみ進展し、ついに敗戦を満洲の瀋陽、当時の奉天でむかえられたと私どもは聞いております……」

青木は中腰のまま無意味に懐中時計で時刻をたしかめ、司会者の紹介のおわるのを待った。奇妙に肩がこっているのを意識し、日頃のように首をねじまげようとして彼はそれを抑制した。彼がその青春を満洲で送ったことは審査委員会に提出した書類の職歴欄にもしるしておいたことである。だが紹介者がわざわざそのことを参会者に披瀝するとは予想していなかった。そして司会者の鄭重さが、満洲といういまは虚空に消えた国名と、彼の人柄をたたえるために〈理想〉という言葉とを不用意に結びつけたとき、彼の内部に見極めがたい曠野のイメージと、喪った時間の痛みとが隠微な軋み音をたてた。

「敗戦後、一時シベリアで抑留生活を経験されてのち、内地にひきあげられ、しばらく郷里の中学校の教員をなすっていたとききますが、神戸をはじめ大都市にあふれる浮浪児たちと、進駐軍のとどまるところに次々と産みおとされては見棄てられる混血児を、一ヵ所に収容して保護・教育することを決意され、山林を売りはらって自宅を解放し、ただひとりで福祉事業をはじめられたのであります。施設を拡大しなければならぬ過程で、いろいろ業者にだまされたりしたこともおありだとうかがっておりますが、本来それをなすべき国家にかわり、戦後処理の一端をすすんで担われた功績と、その後に各地に遅ればせながら生れました宗教団体等による愛護施設に対しても、そのたえざる研究によって少なからざる指導をされました努力に報いるものとして、当新聞社は、ここに福祉事業団体賞を青木隆造氏およびその協力者の方々に贈ろうとするものであります。すでに戦後ではないと経済白書に謳われましてからもすでに十年、しかしなお終らざる戦後を我が身にひきうけられました労苦に対する主催者側の微意として副賞二百万円を添えるものであります。青木氏がこの事業をはじめられますについては、相応の動機と御覚悟があったと推察されますが、御挨拶のなかにそのことをもまた盛られるであろうことを期待したいと思います」

賞状と副賞とを、兵役をなつかしむ在郷軍人のように不動の姿勢で受けとったときも、彼は微熱でもあるように、体の疲れを意識した。さらに挨拶のために壇上へゆっくりと歩んでゆく間、参会者の視線が彼の顔にではなく、頭部に集中していることにも彼は気付いていた。彼はまだ五十二歳にすぎない。だが彼の髪の毛は真白だった。なぜ、この髪が一挙にして霜をおおうにいたったかを耳を覆わずに聴ける人が何人いるか。ああ、満洲——と彼は思った。はじめの心づもりでは、まず謙虚な謝意をのべ、本来の事業はすでにその任務をおえたこと、精神薄弱児収容所へと施設を転換するためにこの副賞は使用されるであろうこと、そして要するに人間がいくぶん感傷的にできているための世すぎであることを軽い諧謔の調子で述べるつもりだった。だが、感謝の言葉を口にしようとして、はやくも彼はつんのめった。形式的に置いてあるにすぎない水挿しから水をくもうとし、そしてコップに小さな埃が浮いているのを彼は見た。彼の目にはその埃が蠅の死骸のようにみえた。何秒ぐらい、じっとしていただろうか。

目の前が急にぼやけ、何も見えなくなった。

夜の船から見はるかす海のうねりのように、音と湿気と気配のみある深い広がりが、そのとき彼の前にあるすべてだった。

——内地にひきあげてきて以来、俺の人生は本当は虚無だった。今の俺は形骸にすぎない。そしてその形骸を称讃しようとするあなた方は、悪意の者か、でなければ虚偽だ。……彼の思弁は式場の雰囲気とは無縁に堂々めぐりした。この壇上にのこのことあがった、耐えがたく俗化した自己。それを薦めた人々、そして拍手の機会をまっている人々、あなた方の道徳もまた恥ずべきだ。はなつべき言葉も忘れ、そして不意に彼は醜い中年の涙を流したのだ。

なぜ涙を流したか。

暗黒の視界に不意にざわめきがして、我にかえった彼の視線に、最前列にいた秘書がハンカチを前に捧げるようにして彼の方に近よるのが見えた。無意識にポケットに手を入れ、内側の縫目をいじっていた彼の動作をハンカチを探す動作と錯覚したのだろう。青木は急速に冷静になり、ほとんど見下すような冷酷さで、水谷久江の半泣きの表情をみた。醜い女、醜い善意——。そのとき、小さな笑い声とともに、会場全体にどよめくような拍手が起った。拍子の音は、音それ自体の物理的な共鳴によって一層激しくなる。

結局、ひとことも喋ることなく彼は、彼に代ってすすりあげる秘書の肩を抱くようにして控室に去った。控室の扉をとざしてのちも、しばらくの間、無言のままの受賞者に対する故なき称讃の響きはつづいていた。当の本人には、道徳的な脅迫のように響いていたことを、参会者たちは知っていたのだろうか。

それにしても、すべてがあまりにも、みみっちいと彼は不意に思った。そして、それが烈しく振幅した一時の感情のなかでの、もっとも真実に近い感慨だった。

二

駅頭に立ったときは、雨が降りはじめていた。レセプションには彼らは出席しなかった。式典を主催した新聞社の事業部には、各地の福祉団体や宗教団体、地元兵庫県出身の代議士などからの祝電とともに、満洲時代の同僚や開拓団の指導者、そしてまた彼の親しく交わっていた青年将校の生き残り、いまは商事会社の重役や自衛隊幹部になっている右派の理想主義者たちからの再会の申し出も混っていた。だが青木は、一応それらの住所や連絡先を手帳に書きとめながらも、招待に応ずるつもりもなく、タクシーを駅へいそがせた。身をまもる権利は彼にもあるはずだからだ。

「わたくしが先に賞状をおあずかりして帰りますから、先生は昔のお友達とお会いになられたら」すこし背のひくすぎる水谷久江は、雨の滴に光る髪をおさえて仰ぎみるようにして言った。ちょうど、行楽シーズンと重なって、待合室は小雨にもめげず、リュックを担いだ青年たちで混雑していた。腰をおろす座席もなく、やむなく入ったホームには、列車の姿はなかった。

「今日は土曜、明日は日曜ですのよ、先生」保母長を兼ねる秘書は、体軀にも容貌にもめぐまれない女性だったが、女であれば女としてのささやかな夢や欲望もあるのだろう。彼に休養をすすめる彼女の口調がむしろ率直な休息を欲していた。この機会に日頃の献身に少しは報いてやってもいいと彼は思った。それだけの気持の余裕はとりもどしていたのだ。

「昔の友人の招待はともかく、厚生省にも寄っておかねばならない。あわててホームまできてしまったが、考えてみれば、すぐ帰るわけにもいかない」

「それに本当はその副賞のお金も銀行におあずけになった方がよろしいですわ。万一おとしたりしたら……」

「しかし今日は土曜日なんだろ」

久しく慈善的な学園という閉塞的な社会にとじこもっていたためか、ホームから階段、そしてまた別のホームへと流れうごく雑沓が神経的に耐えがたかった。いつごろから、このように羸弱《るいじやく》な精神、虚弱な神経になりさがってしまったのか。組織は拡大したとはいえ、わずか二十人の保母たちや栄養士や教師や事務員たちから、園長、園長とあがめられているうちに、彼はこの現代に生きてゆくための闘争精神の大半を滅ぼしてしまっていた。たとえ偽善的なものにもせよ、組織を作りあげ、それを軌道にのせるまでの創業期には男性的な葛藤があった。第一その初期には食糧を確保すること自体が一仕事だった。また施設自体が非公認の段階にあり、なお自活してゆくためには、年かさの孤児には仕事をあたえねばならなかった。狭い農場だけでは自分たちの食糧にもこと欠く。養鶏をやり、屋根瓦の焼物に手を出し、竹細工を作らせ、そして小さな印刷工場をはじめた。そのどれにも彼個人の手にあまる資金がいった。寄付をつのり、銀行から金を借り、そしてまた仕事の注文をもとめて歩く。教育しようにも教師のなり手はほとんどなく、病人がでても、遠方の、ある部落に住む共産党員らしい女医以外に往診してくれる医師もなかった。保健所、教育委員会、県庁、宗教団体、駐留軍教育局、彼は銀白の髪を翻しながらかけずり廻ったものだ。

「あなたはブラック・ドラゴン・ソサエティ（黒龍会）の残党か」とあるとき駐留軍教育局の担当官は言った。施設を視察にきた機会に乗じて、青木が若いアメリカ軍の中尉をおどしたからだ。金策に神経をすりへらしていた彼は苛立って二世の通訳官にあびせかけた。

「自己を裏切るものは常に自己である。日本人はおとなしい。しかしここにいる目玉の青い子供たち、髪の毛のちぢれた子供たちには半ばあなた方と同じ血が流れている。これらの子供たちを見棄てておいて生涯アメリカを憎みつづける人間に育てたいか」通訳からその言葉をきとる間の抜けた間隔をおいて、担当官は怒りに顔を紅潮させた。しばらく二人は睨みあった。だがやがて若いアメリカ軍将校の表情に善良そうな微笑がうかび、帰途には施設への援助を約束した。「つねづね聞いていた通り、右翼《ライト》はゆするのが上手《うま》い」と笑いながら。

動機はどうあれ、これも一つの事業である以上は創りあげてゆくことの張りあいはあった。世間がひととき侮蔑と驚異をこめて呟いた〈満洲帰り〉のエネルギーがたしかにあったのだ。

内地に帰って発病したままの妻を精神病院に入れる余裕ができたころ、何を錯覚してか共鳴者もあらわれた。彼は自己の前歴をあかさなかったごとく、他者の心の内部には立ち入らなかった。しかし、協力者との間には、また自立的な小集団にのみある、家庭的な感情の交わりや満足感というものもなくはなかった。人間の感ずる生活の充実感などというものは、積木細工のように単純なものにすぎない。何人かの人間が同じ屋根のもとに集り、なにほどかの義務感をもち、毎日確実に顔をあわせ、不意に足もとからすべてが崩れる恐怖を伏せつづけることに成功すれば、人は最低限幸福なのだ。彼は最初、職員たちをすべて対等視しようとした。ひとたび去って帰らぬ見はてぬ夢の片鱗におされて——。しかしそれよりも小刻みな位階制を採用する方が、人間は安心するのだという貧しい真理をふたたび彼は確認させられた。あらゆる制度と習慣を利用して各人に各々個有の自己を忘れさせること、そして非個性的な使命感と満足感をこまぎれにわかち与えること……それが組織形成のコツなのだ。集ってきた共鳴者たちは何らかのかたちにおける社会での失敗者であり、何らかの劣等感の持主だったが、失敗者やコンプレックスの持主の多くがそうであるようにおそろしく道徳的で生真面目だった。保育や教育そして職業指導についての研究会や講習会をひらけば、一日の疲れに目を血走らせながらも、意見を発表し書物を読んだ。かつての満洲青年連盟のオルガナイザーは、戦後の孤児院の院長として、所員たちの一つの光だった。職員たちには、若くして白髪と化した彼の異相すら、教祖的な象徴となった。新聞社が毎年、各種事業団や研究団体に与える補助金付与の選に入ったのを心から喜んだのも、青木自身よりも、やりきれぬほど善意な職員たちだったかもしれぬ。

「皆は園長先生のお帰りを待ってますでしょうけれど、二、三日休養なすった方がいいと思いますわ。わたくしが先に帰って報告しておきますから」

「私が壇上で立往生したとき、ニュース映画社の撮影班がきていたんじゃなかったかね」

「かまいませんわ、そんなこと。先生のこれまでの御苦労は、なにもおっしゃらなくったって人々には伝わりました」と確信ありげに彼女は言った。

誰にその観念を植えつけられたのか、彼女が公式的な社会主義の教条を信奉していることに早くから青木は気付いていた。彼女としては、目だたず報われぬ労作が、目だたぬゆえに、もっとも確かな運動の拠点であり、ともすれば風化しがちな〈真理〉の原点であるらしかった。彼はその融通のきかない頑なさを信頼していたが、日頃に似ぬ標準語のよそよそしさに、不意に、まったく縁のない人間がそばにいるという寂寥感にとらえられた。およそ自分の感情を抑制するすべもしらず、その時々の情緒に支配されて、むきだしの大阪弁を喋り散らす日頃の秘書はどこへいってしまったのか。

「それじゃ、私は一つだけ旧友の招待に応じてこよう。君もどこかで思い切り豪華な食事でもするといい。明後日の夜には帰ると、留守番役の人たちに電報を打っておいてほしい」

彼は指図する姿勢をとりもどし、折から入構してきた国電のヘッドライトに照らされて浮きあがった雨脚をちらりと流し目に見て、改札口へとひきかえした。

「先生」とハイヒールの音をたてながら背後から秘書が言った。式典の緊張から解放されて、その時はじめて彼女は日頃の彼女にもどっていた。

「薄情やわ、先生、うちもつれてって」

三

「どうしたんだ、君らしくない」

招待主の元関東軍参謀大尉岸井忠臣は、すでに飲みはじめていたらしい盃を唇の高さに捧げもったままの姿勢で、青木を凝視した。青木はしばらく敷居の垂れ幕のところでためらっていた。奉天の東洋拓殖株式会社の階上にあった関東軍司令部へ、時折たずねていった際も、たとえば同僚に地図を指示しておれば、右腕を壁の地図にむけたままの姿勢で扉の方を振りかえり、しばらく訪問者の目をじっと見すえるのが彼のくせだった。寄る年波にもめげず、ペシミスティックに歪められた大きな唇は、酒にぬれて魁偉《かいい》に光っている。当時、石原莞爾中佐直系の参謀将校だった彼は、いま東南アジア向けの貿易商社の重役のはずだった。

「ごぶさたした」と青木は言った。ことさらに戦後文通を絶っていた十数年間、まったく会わなかった過去の二、三の知己が同じテーブルにならんでいた。もと満洲国総務庁主計処課長桜井信明、もと満鉄調査部員林秀光、拓務省参議小池二郎、関東軍参謀部第三課嘱託早瀬勇権、奉天文治派于冲漢《うちゆうかん》の顧問の一員であり、のちには清朝遺臣鄭孝胥《ていこうしょ》の息子鄭華《ていか》とも交友のあった芝《しば》安世。早瀬勇権、芝安世はいわゆる満洲浪人であったが、早瀬とはとりわけ親しく、東亜同文書院で机を並べていらいの旧知であった。

秘書の水谷久江は廊下で遠慮して、庭の泉水を眺めている。青木は振返ってうながした。

「珍しい料理をくわせる店でね」久闊の挨拶もなく、早瀬が席につくようにうながした。「君を多少なつかしがらせてやろうと思ったわけだ」

その部屋にかかっている扁額には、どこで手に入れたのか羅振玉《らしんぎょく》の署名があった。北支の妓館を模擬した調度はむしろ悪趣味だったが、席が椅子であるのがせめてもの救いだった。青木は日本式の料亭や芸者をこのまない。彼は自分の背後に小さくかしこまっている秘書を紹介した。秘書の方には、しかし居並ぶ面々の経歴はつたえなかった。そこに漂う異様な雰囲気だけで、青木を一種宗教的な人格者と思いあやまっている水谷久江を驚かすのに充分だったからだ。

「きさまが混血孤児院の院長におさまっていたとはおどろいたね」開拓移民の指導者だった小池二郎が言った。彼は常になにかを悲しむように目をうるませている。無残に老けてしまった彼は、しばしば塵紙を目にあててやにを拭った。交換した名刺には厚生省嘱託の肩書があった。

「一本の真直ぐな箸でも湯につければゆがんでみえるものよ」元参謀は微笑した。「青木は五族協和の観念の権化《ごんげ》のようなものだった。満鉄社員や軍人の生活と満洲土民の生活水準にあまり大きな落差のありすぎることをいつも憤っていた。そして小池君が移民村をひきつれて開拓にやってくるようになってからは、日本人と満洲人やシナ人を結びつけようとやっきになっていた。日本の青年と満洲の娘、シナ人と日本人……。混血で平和が築けるかどうかはしらんが、満洲で意図して失敗したことが、亡国の日本では目のそらしようのない現実だったわけだろう。わしは偶然の機会から青木君が福祉事業をやっていることは知っていた、だが……」

「それなら資金の調達をしてあげればよかった」もと総務庁主計処課長桜井信明が言った。はなばなしい学歴のないために満洲建国が軌道にのりはじめると、東京から派遣された有能な大蔵官僚にその実務を奪われ、酒に溺れていった人物である。怪しく光る酒肌はその皮膚のたるんだいまもあらたまっていなかった。

「相談をうければ多少の援助はしただろう」もと参謀は言った。「だがわし自身、同期の者が部下を集めてやっていた会社には入らなかった。一種の意地のようなものでね。青木君も、そのつもりになれば、政界や財界にいろいろ人はいることは知っていただろうさ。前首相の岸信介とも、まんざら顔をあわさぬ仲でもなかったんだろう、あっちで」

あっち――という言葉を青木はしばらく反芻した。彼はすでに招待に応じたことを後悔していた。空しい公式のレセプションよりはと思ったのだが、招宴の空虚さに公私の別はない。ただ、必ずしも好きではなかった軍人のなかで、満洲建国計画が進むにつれて疎外されていった岸井参謀には当時なぜか、ある好意を彼はもっていた。策士策におぼれる謀略と強権主義には共感しえずとも、高級官僚たちのあずかり知らぬ一つの魅力が彼にはあったからだ。そして青年連盟の一支部を指導しながらも、満鉄内部でも枢要の地位にいたわけではない青木にとっては、自己の抱懐する観念を実現するための彼が唯一の手蔓でもあった。だが知謀は残っても、精神は消える。

「奥さんはどうされた」

料理が付け加えられ、ともかくもおめでとうと乾盃をうけてのち、少しどもり気味に芝安世が言った。彼はしばらく、かつて青木の宅に居候していたことがあり、子供たちも妙に鬚面の彼になついていた。彼は大言壮語する無頼派の多かった満洲浪人の中で、めずらしく文学の素養があり、満洲旗人や漢人に詩を贈られて弱っている日本の高官たちに酬和の詩の代作をしてやる能力をもっていた。

「時代もかわった。表彰式にはできるだけ妻を同伴せよと通知にはあった。しかし妻はずっと病気でね」

「転んでも怪我をしない子供のような人だったが……」芝安世が微妙に瞼を震わせて言った。

「………」

青木は黙っていた。なにか横あいから言いかけた秘書の口を閉ざさせさえすれば、皆、沈黙というものの重みを理解しうる人物たちだった。なにもいう必要はない。また視線をからませる必要もない。

「こうして顔をあわせていると、二十年前、三十年前も昨日のことのように思える」もと総務庁官吏桜井信明が回顧的に言った。

「わずか十三年間の夢だったわけだ」もと参謀が言った。「一つの国家が造りあげられ、そして滅びた。われわれの計画が仮りに採用されていたとしても、やはりあの国は滅びねばならなかった」――前漢を滅ぼした王莽の新国が十五年間の命脈だった。権謀によって漢王朝を簒奪し、周代の井田法を強引に実施し、大同の理想をふりかざしつつ、もろくもついえた。塩の専売による利益の国家独占。外交の失敗による異民族の離反。後世の歴史はただその叛逆と暴虐を非難するすべしかしらぬ。満洲国も当然そういうあつかいをうけるだろう。故意か偶然か、満洲国の最初の年号は、二千年前の新王朝が理想とした〈大同〉であった。

司令部の宿舎、瀋陽館の一室で、満洲特有の砂のように乾燥した雪が窓をうつ音をききながら、満蒙政権構想を、さらには国家建設草案をねっていたのは、たしかにこの人物たちだったのだろうか。夢ではなかったのか。何日も何日も憔悴した顔をつきあわせ、煙草の煙に喉をいため、ストーブに靴の底のこげるのも気付かずに討議していたのは本当に自分たちだったのだろうか。これが国家を築くことなのかと、そのころ幾度も青木は疑った。窓の外に存在する陰鬱な家なみ、少数のビルディング、その彼方にひろがる曠野と点在する村落、そして無限の雪と空——。その無限の拡がりを区切るのは一体何なのか。万里の長城すら区切りえぬ大地を、この机上の秘密な計画によって果して区切りうるだろうか。

彼はそうした過去のバベルの塔の一切を忘れようとしていたはずだった。だが犯罪者が犯罪現場に目に見えぬ糸でひきずられてゆくように、過去の亡霊たちと顔をあわせてしまっていた。そして空しく机上についえた計画の大要もまた燃えつづける燐のように彼の脳裡にその残骸をとどめていた。

実質上の関東軍の軍政下に、銀行・鉄道および重要産業を国有化し、貨幣を統一し、商業もまた大豆、塩等の重要物資の売買を公営とする。土地は一まず孫文の平均地権にならい現所有者に属するが、以降の地代騰貴による利益の一切は国家に帰せしめる。急速な工業の発展をはかり、それによる収益によって満人およびシナ人地主および軍閥より徐々に土地を買いあげ、日本人開拓団および土着村落に分与し、そして三分の一の土地共同化に成功したとき、一国一党の政治組織と呼応して一挙に爾余の全土地を国有化する。教育は単一化し、各民族語に並行してエスペラントを課す。一国一党の政治組織を育成するため、満洲青年連盟および大雄峯会は協力して五族協和の実をあげ、かつ日本人武装開拓団を大量に入植せしめていったん緩急ある際の民兵組織の中核とする。やがて、統一のための臨時措置として置いた溥儀皇帝はその生活を保証して退位させ内閣も廃止。統一党党首からなる総理大臣のもとに少数の国務大臣をおく。さらに官吏、軍人は、その職務分担のための位階制のほかは、その物質的報酬を一律化し、また民族の相違による一切の差異を排除する……

青木は元来心情的には、たがいに鶏鳴をききあうも侵しあわない村落自治を理想とする東洋的な自然主義者だった。東亜同文書院に学んだのも、深い意図あってのことではなく一種茫洋たる未知への憬れに端を発していた。だが、満洲農民たちの実情は、肥沃な土地に勤勉な農民が移植されれば、当然その生活は豊かになるはずだという彼の素朴な経済観をたちまちにくつがえした。農民たちは雑穀しか食っていなかった。だがそれは気候が寒く、生産があがらないからではなかった。こちらでは農民は栄養失調でふるえているにもかかわらず、すぐ隣では厖大な大豆の山が焼きはらわれ、豚さえ穀物で飼育されていた。近代的な流通の機構がなく、商品の市場もなく、統一された貨幣もなかったのだ。領土的野望を満足させることしか知らないロシア、西欧列強からの綿製品の大量輸入によって、みずからの工業生産発展の息の根をとめつつある中国人、清朝以来の封建的所有者の支配下におかれてあえぐ満人農奴たち……。実際に調査してみれば、悲惨の理由は、経済にあるのではないことは論義の要なくあきらかだった。ではどうすべきか。軍閥が対峙しあい、匪賊が横行し、そして、日本、ロシア、中国、西欧列強の勢力が入りみだれ、アメリカの資本が隙をうかがうこの土地をどうすべきか。ロシアは東清鉄道と松花江の水運を握り、イギリスは京奉鉄道を借款し、満洲全土の海関と塩税の管理権をにぎっている。フランスはイギリスとともに京奉鉄道の共同借款と郵政管理権を持ち、アメリカは外国為替業・石油・ソーダー事業を独占している。デンマークは大豆の輸出、スエーデンはマッチ事業の独占、そして日本もまた……。

大地主による農民の搾取、土着軍閥による大地主の支配、海外資本による土着産業の圧殺と、鉄鋼石炭等の地下資源の掠奪、いためつけられる多数民族と安逸をむさぼる少数民族、そして極度の貧困ゆえに、本来の自治能力を失い、無教養の泥沼を匍いつづけて、思弁の能力も麻痺させている土民たち。さらには蠅のようにむらがる投機主義者たち――それら重層的矛盾の解決にはただ一つの方法しかなかった。強力な統一と強力な独立国家の形成。ただひたすらに強力な統一のみ。その権力によって一切の中間搾取機構を排除し死滅させ、従わぬ者は謀略によって失脚させ、銃剣をもって殺害してでも、富と資本、調整機能と権力を国家に集中させること、そして上からの強引な近代化を遂行すること――。それが長い思弁と討議のすえに到達した彼らの単純な結論だった。

彼は、内地を去る時に見た島嶼の影のように、内心の農本主義的な自然主義と、しばしの感傷的な逡巡のすえに訣別した。いや、農務会や商工会など伝統的な自治組織に注目し、それを基礎にした東洋的な大同社会の建設を説く橘樸《たちばなしらき》らの構想には、なお心情的な共感はあったのだ。だがみずからの論理がこの土地に実現するかもしれぬ予想――その悪魔的な誘惑のゆえに、彼は自己自身を強引に変化させたのだ。

しかし、心情論を一歩踏みこえたつもりの論理もしょせんは机上の空論にすぎなかった。また参謀将校に一人共鳴者がいるということと、参謀部全体の謀略とは同じではない。満人や漢人の要人を担ぎ出す際には確かに、五族協和の精神が力説された。たとえば自治指導部が発足し、その部長に于冲漢が担ぎ出された時も、満洲国建設のためには、日本は率先して不平等条約を破棄し、租借地を返還し、満鉄を日満合併会社に改めようとうたわれた。しかし、後に知ったことだが、関東軍司令部は、満鉄に交通運輸のみならず、農業、林業、鉱業等一切の重要産業の独占、いわばイギリスの東インド会社よりもさらに搾取的な植民会社たれと要望事項を提示していたのだ。いや理論において裏切られただけではない。組織が具体化するにつれ、彼らは、東京帝国大学出身の優秀な官僚たちにつぎつぎとその実務の場を奪われた。国家予算案の作製、法律の整備、巧みな位階支配と学閥連繫。その身振り、その文章、その形式論理。そしてある者が力をうるとそれに無条件降伏する下級官僚たちの奴隷根性。

だが近視眼的に対立者に憤っていた彼らは、さらに重大なあることを忘れていた。それが空気のように生れたときにすでにあり、常に呼吸しつづけているゆえに意識しなかったもの。あの幻影の国は、曠野に射映された日本の投影《かげ》であったということを。この国は独立のものではなくて、広義国防の前線にすぎず、それゆえに発光源の力が弱まればその形はぼやけ、光の波長が乱れれば必然的に像は歪むのだということを。そして日本が戦いに敗れれば、同盟国としてではなく、光なき影として同時に消滅する運命にあったのだということを。そして敗戦後の混乱はどの戦場のそれよりも暗く悲惨だった。

「戦後、石原莞爾将軍にはお会いになりましたか」と青木は岸井元参謀にたずねた。

「一度だけ墓前に花をささげてきた」簡単に相手は答えた。「わたしがしようとしたことは何だったのだろうと考えてはいるが、今になって歴史の潮流に逆らおうとは思ってはいない。この連中にも連絡するだけの労はとったが、日頃べつに会っているわけではない。ただ君の事業が世間に少しく認められたことを共に祝えれば満足なのだ」

この人物はやはり人間的に魅力があると青木は思った。だが福祉事業は、階級闘争や国家建設の業ではない。それが広く公認されたときは、実はその仕事はもう終っているのだということをこの人は知っているだろうか。

「秘書の、水谷さんと言われましたな」もと満鉄の調査部員林秀光が言った。満洲の重要産業五ヵ年計画の大綱で意見の一致をみながら、満洲国建設ののち、次に日本をどのように変革するかというひそかな陰謀についてもっとも激しく青木と意見の対立した人物である。彼はいま何を考えているのだろうか。

「変な話ばかりで目を丸くされているようだが、もう一つだけ若い女性の目を丸くさせる唄をわたしが歌ってあげよう。満洲の唄でね。おふくろを強姦する馬賊の少年の唄だ」

唄は嗄れた満洲語でうたわれたために、べつだん水谷久江は目を丸くはしなかった。しかし上気したまま、気疲れに気疲れを重ねている秘書のためにも、機会をみて辞去すべき頃合だった。余生の長すぎた人々に、内になお理想をいだく若い女性をいつまでも対面させるのは不道徳でもあろう。

「もし伝えられれば、奥さんに宜しくとつたえてくれ」と芝安世が言った。妻の病気が何なのかとも、子供はどうしたとも、彼はきかなかった。

四

あれから彼はどうしたのだったろう。

まず秘書がステーションホテルに電話して部屋を二つ予約した。つぎに、結局は満洲料理にはほとんど箸をつけなかった水谷久江のために、あらためて小さなレストランに入った。彼は酒を飲み加えながら、秘書が気取るのも忘れて鶏肉を咀嚼しているその頰の動きをぼんやりと眺めていた。それは奇妙に孤独な、悲哀感をそそる眺めだった。どこかでたがが狂ったのだが、それは酒の酔いのためではなかった。強いて理由を求めるなら、むしろ、秘書が気苦労から解放されて、無防備に料理を頰張っているのを見たときの、名状しがたい寂寞感のためだった。

彼は語るつもりもなかったことを秘書に語りきかせた。君たちはもう三国志演義などという本は読まないだろうが、魏の曹操という国家創世の英雄に一つの悲惨な逸話がある。彼はたしかにそういう話し方をした。有名な赤壁の戦いで、戦い敗れた曹操は馬車を駆って逃げた。その馬車には彼の愛妃とその幼い子供、そして一人の老臣とが同乗していた。追ってくる敵兵は背後から迫る。馬車は重くてスピードを出せず、曹操はいらだって御者を叱責し鞭うち、そして遂に逃げ足をはやめるためにみずからの子供を馬車から蹴おとそうとした。それも一度ではなく三たびも。そのたびごとに老臣は幼い王を抱きしめてかばい、曹操をいさめた。その諫めの言葉こそ人の肺腑をえぐるように素晴しい。

青木はその言葉を思い起そうとしたが、そのとき、彼はすでに酒に酔っていて、首をかしげた彼の目には空しくレストランのシャンデリアが映っただけだった。いや、はたしてその逸話が魏の曹操のものか、他の王朝の創業の皇帝のものだったかすら、確かではなかったのだ。

水谷久江はスープから前菜、そして魚料理から肉へとかわるさほど豪華でもない定食に有頂天だった。尊敬する園長のカバンを携帯して受賞式に出席したこと、そして他の職員たちはおそらく経験したことのない、柔らかな音楽の流れるレストランで給仕に世話されていることで、彼女は幸福だったのだ。

「それから、どうしましたの」無邪気に彼女はたずね返した。

「それだけだ」と彼は言った。

たしかにそれだけだった。国家創世の王はその後慈善事業などはじめもしなかったし、その愛妃も精神病棟にとじこめられもしなかった。

「子を買い屋という商売のあるのをあなたは知っているかね」と不意に彼は言った。

日頃は敏感な秘書は、そのとき、食後のコーヒーをすすりながら放心していた。日数にすればわずかなものであっても、やはり旅というものは人の心のあり方を変える。この世が生きるための場ではなく、見るための風景で構成されているかのように。

「面白そうな商売ですのね」

「ああ、色々ななりわいがこの世にはある。親たちが困りはてた時、重荷になるその子供を買いとる。多くは中国人だったがね。敗戦後の満洲では、窮乏した日本人が自分の子供を中国人に売った。わずかな現金、わずかな食糧とひきかえにね。しかし、間もなく四十九年には革命が成就したから、あの子供たちも一番不幸な道だけは歩まずにすんだかもしれない。一生女を知らずに働き通す農奴や、目を針でつかれた盲目の娼妓や……。わたしは赤は嫌いだが、八路軍は実に道徳的な軍隊だった。そしてあの革命はやはりいいことだった」

「そりゃ革命はいいことですわ」秘書も食前の葡萄酒に酔っていたのだろうか。およそ話の重点とはかかわらぬ部分にだけ奇妙なのびやかさで反応した。

「しかし革命には多くの犠牲がいる。応仁の乱、そして戦国時代いらい、日本人は大きな内乱というものを本当は経験していない。制度を根本から変えてしまうということが、どういうことなのかも人々には解っていない。今まで素手だった手に権力を握ると、どういう変化が起るかということも、革命を口にする人たちすら本当に解ってはいない」

「でも失業の不安のない社会は、それにおびえる社会よりもいいに決ってますわ。努力すればその努力がむくわれる。生れながらの不平等の支配する世の中よりその方がいいにきまってますもの」

それはおそろしく平凡なことだったが、平凡さを恥じることなく口にすることのできるのは、やはり心貧しき者の美徳なのだろう。少くとも彼女は権力というものの姿を知ってはいない。そしてそれに無智なことは、戦争を体験していないことと同様に一つの美徳なのだ。

それから彼女は、しばらく繁華街を散策することを提案し、まず小雨の街に傘屋をさがしてビニール製の安価な傘を買った。小雨のそぼ降る中を、青木と水谷は一つの傘に身を寄せあって歩いた。旅先の雨はわびしい。秘書は兼愛園の園児たち、そして職員たちの誰かれに土産物を買わなくてもいいだろうかと心配し、青木はしばらく考えて全員が享受できる壁の飾りか事務所の置き物が適当だろうと助言した。たしかに何かの記念品が目にみえるかたちであってもよかったのだ。だが彼女は次の瞬間、箱根にある、兼愛園と同種の組織を参観してはどうかと言いだし、かと思うと、たちまち装身具を陳列した飾窓に頬をすりよせた。特別、禁じているわけではないけれども、贅沢品は職員のだれもが身につけない不文律になっている。彼女のひとときの関心も、それゆえに、旅がそうであるごとく純粋に見るだけのたのしみだった。豪華な宝石もネックレスも、通りすごせば、それはもはや無縁なものなのだ。秋も深まる季節だったから、商店のあちこちには、もう手袋やマフラーがならんでいた。それらは生活の必需品でもあるわけだろうから、個人的にそれを買いあたえようかと青木はしばらく考えた。だが秘書は甘えるすべを知らず、青木からもまたすすんでは薦めなかった。

急な予約だったから、ホテルの部屋はあまり上等ではなかった。部屋全体に牢獄のように壁がのしかかっている。まだそれほど時刻はおそくなく、各自の部屋で風呂をあびて、結局、青木はホテルのロビーに秘書を誘い、さらにバーに席を移してビールを飲み加えた。外人観光客らしい二組の男女が、大きな身振りで話すのを半時間ほど眺めていただろうか。変化の多かった一日の興奮もやがておさまり、もとの三階の部屋にもどった。その日一日の終りに、彼は鍵をどこかに忘れてふたたび秘書をわずらわせた。よくぞ水谷久江を伴ってきたものだと彼は思った。でなければ、どこかの路地の屋台でなお酒を飲みつづけているか、でなければホテルで自分の部屋を忘れ、ボーイの失笑をかっていたことだろう。秘書がバーにもどって、忘れてきた鍵をもってきた。

そして……

なぜそうなったのか。

不意に彼はその醜く小さい秘書に襲いかかり、彼女を手ごめにした。いやあれは果して手ごめだったろうか。

彼女は必死にあらがったけれども、声はたてず、すべてが無言のままだった。いや、その前に、どういう理由でか彼は〈断腸〉という言葉にまつわる一つの故事について語っていた。いやあれはロビーでのことだったろうか。なにか一つの言葉を思いつくと、その言葉の典故やそれを効果的にもちいた詩句などを、過去の教養の屑籠から拾いだして周囲のものに語りきかせるのが、彼の悪しき習癖だった。信念の美しさばかりで、あまり知識のない職員たちに、必要あって園長みずから英語を教え、時には道徳的な訓話をたれる習慣が、二六時中顔をあわせあう集団生活の中での日常にもなっていたためだった。日頃いささか煩さがられながらも、歴史上の逸話や故事来歴を語りきかせていたからこそ、また、魏の曹操の悲惨な経歴も、彼女にとっては、記憶に残れば覚えていてもいい一つの教養として受けとられたのだったろう。理論を失った人間は逸話と暗喩に生きる。青木にとって、それは最後の自己満足の糧だった。

断腸というのは、人間のことではなくて猿のことなのだと、青木はネクタイを解きながら語っていたのだ。だからこそ、秘書は窓のカーテンを閉ざし、水挿しを適当に枕許に配置しながら部屋を出なかった。ある中国の詩人が揚子江に舟をうかべて旅をしたとき、けわしい三峡のあたりで、従者が、舟中にまよいこんできた小猿をとらえたのだ。ところが、舟が流れにうかんで進むにつれて、母猿が哀鳴しながら岸辺の樹から樹へととびうつり、十里、百里、そして千里もその舟を追ってきた。そして次に舟が碇泊した時、親猿は啼きながら舟の近くまで近寄ってきて死んだ。こころみにその母猿の腹を裂いてみると、腸は千々にちぎれくだけていたという。

「なぜ今日はそんなに子供に関係のある悲しいお話ばかりされますの」と水谷久江は言った。
「おめでたい日ですのに」

その時、視線が合わねばよかったのだ。自分の怪しい銀髪と対面するのにあきて、壁にはめこまれた洋服箪笥の鏡からふと振返った青木の目に、恐怖にふるえている秘書の歪んだ顔が映った。そして、それからのすべてが無言だった。

おさえつけられてもがきながら、秘書は目を閉ざしていた。彼の目を見るのが恐ろしかったのか。それとも自分と相手との不様な格闘の姿を自覚したくなかったのか。

あらがいが終ってから、不思議に、彼女は彼の側に軀を横たえたまま長いあいだ泣いていた。嫌悪に泣くのならば、すぐ立ち去るべきだった。身勝手にも、後悔よりも先に彼の方が嫌悪していた。だが、いったん関係してしまえばすべてが終りででもあるかのように、それ以後は、ひたすら身を寄りそわせて生きなければならない運命ででもあるかのように、彼女はぐっしょりと汗ばんだ体をすりよせたまま泣きじゃくっていた。

五

日曜日、青木は宿酔《ふつかよい》に痛む頭をひとり打ちつづけながら、かつて志を同じくした旧友の墓参をした。大都会の一画、ビルと商店の双方に圧迫され、墓石を高層アパートのように積みあげた小さな寺である。墓標と対面していうべき何かがあったわけではない。ただ、生き身の人間とは向いあいたくない気分におされ、官庁街が門を閉ざしている一日の時間をつぶすためだった。

寺の屋根瓦を修理していたナッパ服姿の僧が彼を案内した。

「この寺はもうすぐ移転することになっとりますがね。しかしすぐ移転するからといって雨もりを放っておくわけにもいきませんでね」

僧はまったく墓石には興味を示さず、近くに迫るビルディングと、その建物に鮮明に区切られる光と陰を見あげた。遺骨はこの狭い寺院の中のどこに埋葬されているのか。死者と参詣人との関係すら尋ねようとはしなかった。

表現し、表現することによって自己を正当化することすら知らぬ人間の行為は、その行為が失敗すればすべて無なのだ、と彼は思った。であればまた、すべての伏せられた行為は無意味であるがいい。ちょうど、彼の乱脈な青春の一時期、その乱脈さの中で多く肌をすりあわせた女たちのイメージが、彼の心の中ではまったくの無であるように。

いま一塊の墓石に凝固している、もと関東軍下士官は、その小さな善意のゆえに、野外演習のあるたびに、部下の小隊をひきつれて道をそれ、満洲人部落の農耕の手助けをした。上官もそれは知っていたが譴責《けんせき》はしなかった。そうしたことを許容する雰囲気が、戦争が苛酷になる以前の一時期にはたしかにあったのである。だが一下士官の愚かな非政治的善意は、匪賊の襲撃による小隊の全滅というかたちで結着した。何が間違っていたのか。軍人として義務づけられていた枠をはみださねばよかったのか。それとも農耕の手助けをするという行為自体が、土着の民にはやがてはその土地を没収される前触れと映ったのか。いや、おそらく、彼がなにかある理想を胸にいだいたこと、それが彼を滅ぼしたのだ。人が滅びるのは、自堕落によってではない。むしろそう、その人間を勇気づける理想によってなのだ。

月曜日、彼はすでに酔いの片鱗も残っているはずのない自分の足下が奇妙にふらつくのを意識しながら、ホテルの食堂へ降りていった。もう帰ってしまっただろう秘書が、何か伝言を残したかもしれぬと思い、フロントのあたりを何気なくさまよい、その横の売店で煙草を買い、そして食堂へはいっていった。

「おつれ様がお待ちです」とドアーを内側からあけたボーイが指さした。

一瞬、引きさかれるような、むしろ肉体的な痛みが胸から背中にかけて走り、額に汗がにじむのを意識しながら彼は足ぶみした。誰かが背後から彼を指弾し嘲笑しているような幻覚と彼は闘った。

食堂の奥の隅、二人が向いあえる小さなテーブルに、秘書が待っていた。彼女は目を伏せることもなく、極端な礼儀正しさで、朝の挨拶をし、やや不自然な早口で、昨夕、電話で兼愛園と連絡をとり、曜日の都合で帰るのが遅れる旨をつたえたと言った。そして次の沈黙のおとずれより早く、脇にあった新聞を彼の方にさしだした。

学芸欄のほとんど全面を費して、本年度、その新聞社から援助金をうけた研究、体育、福祉各団体の活動経歴の紹介と、各団体の団欒の写真や受賞式の式典の写真が掲載されていた。

貧弱な兼愛園の建物の遠景と、賞状をしゃちこばって受取っている青木自身の小さな像が、彼らに関係のある紙面だった。式場での自分の醜態が描かれているのではないかと、一瞬、青木は目を走らせたが、記事は、兼愛園の事業規模と構成員、その沿革などを簡単に紹介しているだけだった。大見出しのすぐあとにある式典の模様を報道した部分にも、知名参会者や式順などがしるされているだけで、ゴシップ的なあつかいはしていなかった。伴ってきたのが、秘書ではなく妻であれば、あるいは大きな記事になったかもしれない。労苦をともにしてきた夫婦が、小さな栄誉の瞬間に、互いをいたわりあうように涙を流したのならば、それは日本の庶民好みの美談になっただろうから。だが、人の内面には関与せぬ新聞の礼節が、その記事には守られていた。あの場に立ちあった何人かの者だけが、銀髪の受賞者が涙を流すのを見、そして伏せられたまま、その情景もやがて忘れられて消えてゆく。

「先生はどうか厚生省へおまわり下さい。わたくしは、ジョージ野田のアメリカ人家庭との養子縁組の手続きをしに、外務省へいってまいります」秘書は左側の、いや右の眉毛をつりあげた硬い表情で言った。

「それより、ちょっと話しておきたいことがある」

「何でしょうか」

まる一日が経過した間に、彼女の内部に何が起ったのだろうか。彼女は毅然としており、そしてその表情とは関係なく今までかいだことのない香水の香りが漂った。

「君は中里君をどう思うかね」と青木は言った。

「何のお話でしょう?」

中里徳雄というのは、三年前、大学を卒業してのち、その学生時代の過激な経歴のために、あらゆる就職の道をとざされ、誰にきいたのか、青木を頼ってきた青年である。最も新しく、最も若く、そして最も有能な彼の事業の協力者だった。人を脅迫するように、ひたおしにおしてくる物腰にはあるやりきれなさを感じさせられていたが、それは青木自身にも身に覚えのある所作ゆえの、痛みのようなものだった。

「冗談ではなくて……」と青木は言った。本当は、あの、一昨夜のことがなくても、というべきだったのだが……。「冗談ではなくて、私はこの受賞を機会に、私たちの兼愛園を大幅に改組したいと思っていた。そして改組がうまくゆけば、私は隠退したいと思っていた」

「それはいけません」と秘書はきっぱりと言った。そしてその語調はよそよそしい標準語だった。「兼愛園は先生を中心にしてまとまっている団体です。たとえ経営の方法は他にあっても、いま先生が御自分の事業を投げだせば、兼愛園はつぶれてしまいます。それは先生が一番よく御存知です。あとに誰がいまして?　先生は中里さんを認めていらっしゃる。あの方がきて、共済会的なつながりだった職員のあいだに組合もでき、宗教団体をのぞく同種の組織の横のつながりもできました。わたくしたちも中里さんを認めております。でもあの方は職員の間での最年少者です。組合活動で有能なことと経営の位置にたてることとはまた別なことです」

「中里君のことをどう思うかと聞いたのは、そういうつもりで言ったのではない。しかしいずれは、私に子供がない以上――誰かに受けついでもらわねばならないし」青木は唾をのみこむと、もう一度ゆっくりと繰返した。

「私にはもう自分の子供がない以上、誰かに受けついでもらわねばならないし、またもし仮りに、もし仮りに、私が不意に交通事故にでもあって死ねば、組織がたちまち瓦解するというのであってくれては困るわけだ」

「そんな仮定の上に立ったお話などうかがいたくありません」

不意に秘書はハンカチで目を覆った。受賞の式典に、壇上にいる彼の方によろめきながらさしだした、あの同じハンカチなのだろう。

「わたくしのことなら御心配はいらないんです」秘書は声をひくめて言った。「いま組織がえを迫られている時だからこそ、兼愛園には先生が誰よりも必要なんです。先生が駄目なら先生の贋者でもいなければ、銀行からは一文のお金も借りられず、役所の補助金もたちまちけずられてしまいます。私たちにも中里さんにも、成長した生徒の就職の世話ひとつする能力はまだないんですのよ。職業安定所の求職カードに名を書きこんでくるぐらいなら子供だってできますわ。でもその身元保証人としては、社会的に信用のある、そして今度の受賞でいっそう信用のました先生が必要なんです。だから先生が内部のものであるわたくしに向って、どんなことをなすってもかまいません。いいえ、むしろ苦虫を嚙みつぶしたような顔をして自分と闘っている宗教家であるよりは、やんちゃなところもある普通の人であってくれた方が、いいぐらいなんです。でも、先生が外に向って、信用を失うようなことをなすったり、自分勝手に仕事を投げだしたりすることは、許せないのです」

青木は目を瞠った。思っていたよりもはるかに大きく成長してしまった弟子におびやかされる無能な教員のように。世の中のことは何も知らず、容貌や育ちにからまる劣等感を、より不幸な者がつどう集団の中で癒しているのだと思い込んでいた一人の女性は、一人前の社会人であるために必要な〈汚れ〉をいつしか見事に身につけてしまっている。一方ではかすかに安堵し、また清らかな血がどす黒く凝血してゆくのを見るような悲哀感を彼は覚えた。血は血をとめるために変色し凝固しなければならぬとしても……。

統一のためには傀儡《かいらい》が必要なのだという論理を、かつて彼自身が使ったことがあった。もし清朝最後の皇帝、宣統帝溥儀がどうしても満洲国執政の地位につこうとしないなら、誰か別の人間をでっちあげてでも、過渡期の統一の象徴が必要なのだと、はるかな昔、彼は岸井参謀に説いたことがある。一党独裁のための下部組織が実際上の運営をなしうる体制がととのえば、仮りの象徴の座を奪うことぐらいはわけはないのだから、と。

関東軍参謀部第三課、つまりは満洲事変後の政治・経済・行政担当課のブレーンだった早瀬勇権はそれに頑強に反対した。日本最大の資産である満鉄を解体し付属地や租借地を満洲国へ返還するだけではなく、政治制度的にも満洲をできるだけ日本から切りはなすべきだ。三井・三菱などの独占資本をしめだし、天皇制そのものをもしめださねばならぬ。潜在主権を主張しつづけるシナからその土地をきりはなすたった一つの合理的償いは、シナよりも日本よりも進歩した制度をここに作りあげることだけだ。ソビエトからの攻撃の口実をあたえない国家形成、それが関東軍の増強よりもはるかに大事なことだ。利益がほしいのならば、利権だけで充分、富をかすめ去りたいのならば鉄道付属地や租借期限を延長する工作だけで充分なはずだ。新国家はその領土上にしかれる制度の正しさによってその正当性を保証さるべきもの、真先に超克すべき封建世襲制を、なんの必要があって国政の中心に導入するのか。

その意見は、理想主義的建策というよりも、左翼くずれの早瀬勇権の屈折した良心の悲鳴のようなものだったろう。青木はしかし反対した。

およそ過渡期における政治は、その大綱において一応の成就をみても、その過程に多くの試行錯誤と罪過を重ねねばならぬ。やがて事成って安定したのちに、過渡期の罪過を一身にになって消えてゆく幻影の独裁者、つまりは傀儡が必要なのだ。もし仮りに計画のすべてが予想外にスムーズに進捗し、飢餓や重税、そして生命の危険感から解放された民衆の称讃が不当にその幻影の独裁者に集りそうになれば、阿片をあたえ女をあたえて、人格的に破綻《はたん》させ、その座を奪うことぐらいは赤児の手をねじるよりも易しい。そして、現在、可能性は前者の方が大きい以上、大衆には崇拝の、参謀たちにはやがて失策の肩がわりをしてもらうべき象徴が必要である、と。

古く日本の土俗にもそうした知恵のあったことを青木は著名な民俗学者の著述を通じて知っていた。生贄《いけにえ》の対象としての一つ目小僧の伝説——呪術が人々の心を支配し統合していた時代、次の祭祀の生贄と決った若者は、目玉をくり抜いてしるしとし、一年間、すべての労役や共同体の義務の上に超越することを許し、たとえその若者が婦女に襲いかかっても人々は許し、食事時に家に入ってこられれば食物を捧げ、そして祭祀の日、彼は村人を悪霊からまもるための生贄としてその生命を神に捧げるという古き風習である。

国家には統一は必要だが、永遠的な統一者は必要ではない。いやむしろそれは害になる。その矛盾を解決する道は、〈崇拝される生贄〉を選びだすことより他に方法はないのだ——と。

岸井参謀は青木の説に賛成した。その言説は俊才をもってきこえた少壮参謀にふさわしくほとんど文学的であったことによって青木の記憶に残っている。二十世紀の人間にとっては、神が死ぬことによってすべてが許されるのではなく、国家が神に代ることによって、つまりは国家の名において為されることによってのみすべては許される。いま欧米列強の垂涎おくあたわぬこの土地に、あらたな国家を建設することによって、もしそれが世界的な大戦争の発端になろうとも、その戦争が世界の最終戦争となり、そしてそれに勝利すれば、われわれは永遠に正義であり、われわれは永遠にゆるされるであろう、と。

だが形成された国家の実体は、どの論議よりも姑息で、不徹底だった。

「国体は民本制とし、政体は執政政治とする。執政が善政を敷いて、五、六年ののち、人民が執政の徳をたたえて推戴したとき皇帝に即位する」と。

しかも溥儀に子供の産れそうにないことを察知するや、新たに「帝位承継法」を作って溥儀におしつけ、皇帝の弟溥傑に侯爵嵯峨実勝《さねとう》の息女浩《ひろ》を嫁がせ、皇帝の兄弟も帝位を継ぎうると典範をあらためた。さらに紀元二千六百年記念には溥儀をまねいて、三種の神器の模造物をあたえ、満洲人も漢人も、誰ひとり尊崇しない神社を作った。

かつて青木の悪魔的な国家論には、苦虫を嚙みつぶしたような顔をしながらも、あえて反対しなかった満鉄調査部旧慣調査班の林秀光すら、そのときには激怒した。

三千万民衆のために、一人を犠牲にしようとするのなら政治的思弁としてまだしも解る。だが国都建設に名を借りて、民衆の墓地をつぶして新開地を作り、民衆とその尊崇を共有する皇帝の宗廟を排除し、三種の神器をおしつけて何が五族協和か。国家より一家系の存続に執心し、しかも伝統的な祖先崇拝をすら踏みにじる。もうこの国の行き先はみえた、と。

神なきのちの世界には、すべてが国家の名によってなされることによって許される、というのが岸井参謀の意見だったが、新たな神の創出にも失敗し、国も滅びて、すべてが罰せられた。彼はせめてその国家とともに死ぬべきだった。だが彼は死への心の準備よりも先に追われる身となり、かつて満洲を流浪した土民のように、わずかな荷物を肩にかついで、一面の玉蜀黍畑、一面の高粱畑のあいだを逃げまわった。モンゴルから吹く黄色い風に、太陽は病的に赤く、赤く巨大なままに刻々と沈む夕暮れ――。彼は中国国民党軍の哨戒の間隙をぬい彼に引率されていた開拓団員を見棄て、自分の子供をも見棄てて満員の列車にとびのり、南へそして東へと逃げたのだ。撫順にはすばらしい露天掘りの石炭鉱脈をもちながら、当時すでに石炭もなく、薪をたいて走る列車は、いくどもいくども曠野の中に停車した。一度薪がもえつきれば、その灰をボイラーからかき出し、ふたたび燃しはじめねばならなかったからだ。列車がのろのろと走り、そして停る、その焦燥のうちに、彼は捕われたくないという欲望にとらわれた。少くとも別な国家の名においては絶対に裁かれたくないという欲望に……

それは矛盾した感情だった。だが考えてみれば敗戦後の青木の存在は矛盾そのものと言ってよかった。彼は一時、国家なしで生きてゆくことを夢想し、ある時期にはそれが可能であるかのように思われた。しかし組織が拡大すれば国家や官僚との関係は必然的に生れ、さらに、彼自身の存在までが一つの傀儡にならねばならなかった。それもやがて消えてゆく自由すらなく、子供がなければ無理にでも作って、血の存続をはからねばならぬ種馬のような傀儡に。何もかわってはいない。規模の差に極大と極小の相違こそあれ、つらぬいている論理はまったく同じだった。軌道にのりはじめた一つの組織を存続させるためには、最初からの共鳴者よりも、統制的能力のある大学出に頼らねばならないことも同じだった。

「このことはまた汽車の中で相談しよう」青木は紅茶に添えてあったレモンを無意味にもみつぶしただけで、茶は飲まずに立ちあがった。このホテルの三階、その狭い一室で秘書におどりかかったのが、あたかも彼自身ではなかったかのように。何事もなかったのであるかのように、彼は一言もそのことには触れなかった。

「汽車の切符は何時のを買っておきましょう」と水谷久江は言った。

「私の方の仕事は昼まではすむと思うが、まあ、夕方の方がいいでしょう」

「ここへもう一度もどってこられます?」

「いや出よう。荷物はまた別にあずけておけばいい」

秘書が汽車の時間表をとりだして調べている間、青木は立ったまま待っていた。彼女の小作りの顔、そしてその頭に何がつまっているのか、見られるものならぶち破ってでも覗いてみたい欲望に青木はとらえられた。

「特急券は無理でしょうから、十時過ぎの夜行の急行を買っておきます。駅の裏口に、着いたとき休憩がてら入ったパーラーがありましたでしょう。あそこで九時半にお待ちしております」

「有難う」と青木は言った。何に対して礼を言ったのか、彼の心は索漠としていた。そして事業の命運とは関係なく、おれはもう終ったのだという、抑えがたい感慨につきのめされるように、彼は前こごみに歩きはじめた。

六

それは不意のことだった。

何度経験しても慣れることのできない書類作りに半日を費し、結局は添付資料に手落ちがあって、いったん神戸に戻らねば書類を提出できないことがわかって厚生省嘱託の小池二郎とともに役所をでたとき、不意に彼は帰りたくないという感情にとらえられた。

最初それはいわばだだをこねる子供の感情のように、理由についての考慮を欠いたかたちだった。それは無視することのできる気紛れな感情にすぎなかった。彼はむしろ微笑しながら、自分自身をなだめようとした。

ひとときの気紛れやためらいなどが、耐えてゆかねばならぬ長い人生の汚濁の中では何ほどの意味ももたぬことは彼の年齢が知っていた。深呼吸一つするか、せいぜい煙草を一ぷくすえば、あまった時間を旧き同志との世間話に費し、別れればまたなに事もなかったように駅に向って歩きはじめるだろうことは、知れ切っていた。事実、厚生省の建物をはじめて見あげた時も、彼はああ面倒だなと思い、わずかの間振りかえって、街路樹がぱらぱらと葉を散らすのを見たものだ。だが結局、彼は胸を張って受付の方へ歩いていった。役所や官僚の世話にはなりたくないという感情がどうあろうと、そうしなければならないならば、感情の方を抑圧すべきすべは知っていた。同様に、あのきたならしい混血児たちとはもう共に生活はしたくないという悪魔的な呟きがたとえ彼自身にはごまかしようもなく明瞭に聴きとれたとしても、それを表情や行為にはあらわさぬ訓練は充分に積んでいた。そして一つの感情は、それを表現しないかぎり、別段、その感情を思い描いた本人に対してすら特別な作用力はもたぬものであることも彼は知っていた。何かの絶望によって、死のうと思ったとしても、死ななければ、結局その人間は生きているのだ。

駐車場になっている囲いの柵にそって歩きながら、もと拓務省参議小池二郎は、協和会在勤年数を恩給計算に加算するよう、もと満洲官僚が中心になって政府にはたらきかけている事の経過を語りきかせた。

「多分、次の国会では法律化されるだろう」小池二郎は目を瞬きながら言った。

「そうか」青木にはそれはどうでもいいことだった。

「だが、もとの開拓団員に対する補償はなにひとつなされようとはしていない。敗戦後、一番苦しんだのは、開拓農民や少年義勇団の人々だった。無一物で満洲に行き、また、無一物から、北海道や富士山麓の荒地に鍬をふるったんだからね」

「すまないが、満洲の話はやめてくれないか」

満洲のことは思い出すまいとする禁忌のために、彼は兼愛園の貧しい農地のことを思い浮べた。そして藷を洗って白くなることを知った混血の少女が、一日幾度となく自分の顔をたわしで洗っても白くならず、血を流しながら泣いていたその泣顔を。また手のつけられない自慰の悪癖のために、すえたような悪臭をはなちながら衰弱して死んだ子供。混血児には時として異様な才能を発揮する子供もいるけれども、しかし、それはほんのわずかな例外にすぎない。大部分が義務教育期間の成績もよくなく、社会におし出されてからも外人向きのキャバレーのドア・マンやバーテン、そして港湾関係の労働や競馬馬の調教助手など日のあたらない仕事についた。平凡なことながら、人間の子供は馬や牛と違って、生れたばかりで自力では立ちあがれない。子供をのばすものは、血ではなく環境だからだ。

「この間つれだっていた女性は君の何かね」と小池二郎は言った。

「秘書だ、いま外務省へ行っている」

「君はうらやましい。君は見事に立ちなおっている」

「立ちなおる?」

「いや、そうじゃない。いま、昔、君が言っていた言葉を思いだしていた。自立しえないものは保護せねばならない。民族にもまた、幼児期と青年期と老年期のそれがある、と。君が羨ましいのは、君の事業が成功して表彰されたことではなく、君は、おそろしく変貌していながら、しかも妙に一貫したところがあることかもしれん」

青木は儀礼的にうなずきながら、一昨夜、秘書に対して犯したあやまちも、小池のいう〈一貫性〉、続けられねばならない事業の要請ゆえに秘められたまま消えるだろうと思った。この平和な現実にはもう悲劇は必要ではない。凄惨な罪もなければ、身も祭壇の前に投げださねばならぬ悔悟もない。だらだら坂のような日常と、もうこれ以上変化することもない白髪をもてあそぶ微風しかない。特にどうということはないのだ。彼自身、堕落したわけでもなく、秘書がああのことのために転落するわけでもないのだ。彼はかすかな悲哀を覚え、目をしばたたいた。

それにしても水谷久江はなぜ彼をなじらなかったのか。なぜ諦めて体の力を抜いたのか。なぜ背徳漢と罵らないのか。あの一つの愚行、あの気のゆるみ、あの狂気のために、戦後十八年間の彼の努力はすべてふいになったとなぜ宣告してくれなかったのか。黙って耐えしのび、すべてを不問にふして守らねばならないほどの価値が、彼の事業にあったのか。兼愛園の他の職員たちも、およそ邪推ですらも、ああした突発事故——そう突発事故が起ることなど考えてみはしないだろう。彼は帰れば、相変らず兼愛園の尊敬さるべき園長であり、隔日ごとに妻のいる精神病院に見舞いにゆき、孤児たちにむかって微笑し、職員たちにむかって博愛の精神を説くだろう。それが彼みずから選んだ職務であり、職務である以上それからはみでることは許されないのだ。

彼は人間が外からの強制によらずともみずから法則を作りだしうる存在であることを信じてみたかったけれども、それは無駄だった。自律なるものは、人が荒廃に面して立ったときの一瞬の覚悟のうちにしかない。あとは持続と推移しかないのだ。たまたま新聞社事業部の注意を引き、その事業が報道され称讃されたとしても、それで何が変るというわけでもない。事実、厚生省の役人たちすら、彼がわずか二日前、新聞社に表彰された福祉団体の指導者であることを彼自身が語るまで知らなかった。兼愛園の名は記憶されていたが、それが彼の名と結びつくことはなかったのだ。

彼は索漠とした平静さで小池二郎とともに美術館に入って時をすごし、大衆食堂で日頃とかわらぬ質素な食事をとり、そして公園の噴水のそばで、もう二度とは会わないだろう友人とそっけなく別れた。虐待された犬のようにうるんだ旧友の目と、空しく噴きあげる噴水のイメージがしばらく彼の胸にわだかまり、なおあまった時間を、何も考えないために酒場で費した。「ま、元気でいてくれ」と誰にともなく呟きかけながら。だが、その場合も、時刻が迫ればすぐ行けるように駅の近くを選び、あずけておいた荷物を先に受けだしておくことを忘れなかった。黄色いビニールの傘だけが余計だったが、それも持って帰ればやはり役には立つ。何度か時計をたしかめ、街の自然な光をネオンが奪うころ、彼は秘書との約束の場所に行きついた。旅先で何がおころうと彼は帰らねばならない。

彼の方が早かったらしく秘書の姿は、地下のパーラーには見あたらなかった。そして、その時、ふたたび彼は帰りたくないと思った。今度は、どうしようもない痛切な祈願のように——。

彼はレジに怪しまれながら息せききってパーラーの階段をかけのぼり、人ごみの中に姿を隠した。人波が彼を自然に搬び、自律的な意識を喪った彼は、しばらく後に切符売場の上の列車発着表を眺めていた。おびただしい数字と地名。彼は息をはずませ、額に汗をかいていた。ふと浮んだ考えは、気紛れにどこかへ旅行しようということだった。金も賞金を流用すれば充分すぎるほどある。だが、どの切符売場にもある長い行列と、その遅々とした進行が、無責任な旅への衝動を圧殺し、彼は脱走した園児がすごすごと施設にひきかえすように、秘書との約束の場所へととってかえした。時間をつぶそうとした時には緩慢にしか流れなかった時間は、彼の愚かな惑いのうちに奔流のように流れ、もう約束の時間はとっくに過ぎていた。混雑していても常に妙に寥しい夜の駅の構内を、田舎者のようにさまよう彼の耳に拡声器を通じて呼びだしの声が入った。神戸の青木隆造さん、構内の中央案内所まで至急おこし下さい。神戸兼愛園の青木隆造さん、お伴れの方がお待ちですから、至急、中央案内所までおこし下さい……

今は夢遊病者のようにその呼び掛けにひきよせられ、駅員をみては見境いなしに中央案内所のありかを尋ねて、指さされる方向へと彼は歩いていた。売店のならび、軽食堂や土産物売場……もれ出てくるコーヒーの香りを嗅ぎながら総硝子ばりの喫茶店の角をまがったとき、中央案内所の前に、不安気に唇をすぼめ、しょんぼりとコートのポケットに手をつっ込んで立っている秘書の姿が見えた。どうしてあんなに沢山の荷物をもってきたのか。大きなバッグが二つも脚下に置かれている。彼は立ちどまり、背丈の低い秘書の体が通行人たちに遮られ、また小さくあらわれるのを見ていた。いや率直に言って、彼が見ていたのは秘書の外見ではなかった。それは、あの泥酔ののちの狂気の瞬間、その女の肌着をひきはがした時にみた乳房の幻影であり、征服のひそかな感触の記憶だった。あの時の水谷久江の下着にはレースのぬいとりがあった。服装を飾ることを禁じてある故に、日頃から下着を秘密に飾っていたのだろうか。だが、彼は、記憶の中にある彼女の下着のあまりに清潔な白さゆえに、秘書の心の奥底のどこか一点に、その肉体を青木に求められる事態を予想していたのではないかという思いが浮んだ。だとすれば、ともに列車に乗り、どこかの景勝の地で下車しようと迫れば、彼女はまた黙って涙をふきながらついてくるのではないだろうか。

雑沓の垣根越しに、秘書が指先で鼻先の汗を拭き、時計を見あげるのが見える。青木もまた自分の懐中時計を出してみた。

そして彼は、二人の人間のように分裂したまま秘書の待っている方へ歩いていった。俺は帰りたくはないのだ、君の顔も本当は二度と見たくはなかったのだ、と呟きながら。

第二章

一

兼愛園の裏庭には、遠くからなら、それが目標になるくぬぎの老木が植っている。その梢から落ちたどんぐりの実が柵沿いに散らばり、散策する青木隆造の足の下でぷちぷちと孤独な音を立てた。半ば崩れた柵の向うは急な地すべりどめの石垣になっていて、横ざまに長い神戸の街が俯瞰できる。あちこちに宅地造成の、むきだしの赤土が見え、その下の平凡な甍の波のあいまに、蔦をはわせた洋館や、日本でただ一つのフイフイ教の教会が混って港町の抒情を添える。その風景は、ただ一棟の旧館から兼愛園をはじめた時以来の親しい景色のはずだった。だがいま、青木の眼には、奇妙にもの珍しく、またよそよそしく見えた。

表彰式から帰ってすでに一週間になる。だが彼は妙に宙に浮いたようになり、何の仕事もしていなかった。貸切のバスでおしかけてくるPTAや急に注目しだした地元の県会議員を応待し案内しながら、彼はこの兼愛園を自分が築いたのだという実感を急速に失った。いや、気の弛みの際の空虚感だけではなく、わずか三日間の留守ののち、自分のいるべき場を発見できない疎外感に襲われていたのだ。

「何も変ったことはなかったかね?」帰着して事務所に入るなり、青木は中里徳雄に尋ねたのだったが、すべての用件は中里によってみごとに代行されていた。急ぎの書類だったため印鑑をお借りしましたと言って、事後承諾を求められた書類の複写にも、すべて遺漏はなかった。

「有難う」と答えながら、青木は体中の血液の濃度がうすれてゆくような感覚を味わった。内心、彼は、彼の不在のために、すべての事務が遅滞し、保母たちも途方にくれていることを夢想していたのだ。だが、夕食時、整列して彼と秘書とを拍手で迎えた保母たちは日頃にもまして生き生きしており、混血児たちの動作もきびきびと統制がとれていた。いや青木の方が、あの後ろめたさに目を伏せたためにそう見えたのだったろうか。「園長先生」時実正子がエプロンで手を拭いながら、くぬぎの木の下に立っていた青木をよびに来た。「お客様がお見えになってますが……」

時実正子は今は栄養士の資格ももつ保母だが、もともとは恵まれた高級将校の次女だった。フィリピン戦線にいた父がB級戦犯にとわれ、家計を援けるために、彼女は進駐軍の通訳をしていた。そしてある夜、彼女はジープにひっさらわれて集団暴行にあい、自殺しようとして兼愛園わきの雑木林をさまよっていた。青木のもとで働くようになってからも、三年間ほどはほとんどものも言わず、夜泣きして寝ない混血児があれば、その枕許で、自分も黙って涙を流していたものだ。

だがいま、未婚のまま齢を重ねた彼女は、かえって頰に怪しい艶を加え、快活に目をまたたいている。

「この柵はもっと頑丈なものになおさないといかんね」青木は言った。

「ええ、子供たちには、ここへ近寄ってはいけないと言ってるんですけれど、休み時間には、皆どんぐりの実を拾いにきて目が離せませんのよ。どんぐりを食べたりすると聾になると言いきかせても、わざと頰張ってみたりする児がいるんですから」

「お客さんって、誰かね」

「会えば解るからっておっしゃって」

「用件は何と言っていた?」

「それもお会いすればって」

青木は嫌な予感がした。わずか一週間ばかりの間に、二百万円の賞金のおこぼれを狙って何人が寄付を強要しに来たことか。満洲戦没者の記念碑を建てるから。混血児を個人的に養っている者だが、その学費のくめんがつかないから。われわれは中共の勢力拡大に対抗し天皇大権の回復による国家改造の運動をひそかに準備しているものだが……と。

「兼愛園もにぎやかになりました。先生と水谷さんが受賞式に東京へ行ってらしたあいだも、つぎからつぎへと人がお祝いに見えて、新聞社や放送局からもひっきりなしに電話がかかってきますし……。子供たちと一緒に玄関先に並んでなんど写真を撮られたかしら」

かつては人の視線を避け、人知れぬ慈善事業に生涯を埋めようとしていた女性が、今は子供たちと並んでカメラのフラッシュをあび、自分の社会奉仕する姿が週刊誌のページを飾るのを喜んでいる。もう、戦争も戦後も、彼女にとっては終ったのだ。一瞬、自分自身でもぞっとするようなサディスティックな衝動が青木の中に動いた。俺をおきざりにして、君たちだけが幸福になるのは許せん。一瞬脳裡をかすめた破壊的な幻想のために、あまりうわついてはいけないと時実正子をたしなめる機会を彼は失った。いや、ことさらに小言は言わずとも、こんな栄誉は一場の夢にすぎず、何が変ったわけでもないことに彼女もすぐ気付くだろう。

「会おう」青木は裏口から旧館に入り、自分の個室へ行こうとした。今日からは生活を元にもどして菜園でも耕そうと思って着てきたジンベにモンペ姿の普段着を、背広に着換えようと思ったのだ。だが体裁をかまう自分自身に腹をたて、村夫子然としたもとの服装のまま、彼は事務所への長い渡り廊下を歩いていった。

兼愛園は四つの建物からなっている。正門の側からいえば、まず新築の洋館があり、そこには事務室と応接室、それに教員・保母室と簡単な医療室に小さい図書館、そして娯楽室兼雨天体操場兼講堂がある。渡り廊下でつらなった次の木造二階建ては、園児のためのものだった。十畳ばかりの広さの部屋が一階と二階に五室ずつあり、男女別、年齢別に園児がすみ、義務教育課程の授業をその畳の上で受ける。教室は同時に寝室でもあって、夜はそこに蒲団をしき、幼児と女子部屋には、保母が一人ずつ交替について寝とまりする。三番目の棟は、食堂と風呂場、それに職業指導室——つまりはやや年長の者のための竹細工部屋、ロクロ部屋、そして小さな印刷工場。第四番目のしもた屋風の家屋が、もとの青木の家であり、今は次々とブロック建築をつぎたして、住込み職員とその家族の住宅にあてている。その他には農場と小さなグラウンド、それが兼愛園の施設のすべてだった。

青木は途中、竹細工部屋を覗き込んで、女子の混血児たちが、籃やザルを編んでいるのを窓硝子越しに見た。白い皮膚も黒い皮膚も褐色の皮膚の者も、莫蓙《ござ》の上に坐って、何か喋りあいながら仕事に励む。だがビニール製の炊事用器が出廻って、折角つくっても、もうその竹細工は以前のようには売れないのだ。青木は食堂からもれ出る嗅ぎなれたカレーライスの匂をかぎながら、新館の方へ歩いていった。

「来客だそうだが」事務所の自在扉は、まだ夏の蔀戸《しとみ》のままだった。

「応接室で待っていただいております」

書類を前にしてなにか算盤で計算していた中里徳雄が中腰になって言った。二つずつ向いあって四つの事務机が据えられ、一番戸口に近いところに中里が長髪をたらして坐り、その対角にあたる机に水谷久江が位置していた。水谷は顔をあげなかった。

だが、衝立の奥にある園長用の机まで煙草をとりに青木が事務所を横切ろうとした時、水谷久江は双方の眼の焦点が食いちがったような目付きで青木を見、そして間もなく、小黒板の方へ席を立っていった。従来は、青木が事務室に入っても、朝ならば朝の挨拶を、それ以外のときはちょっと会釈すればすぐ仕事にもどったものだった。だが、あの事があってから、最初は目を伏せたまま硬い礼をし、そして青木が机と机の間を通り抜けるとき、彼女は立って部屋の隅の花瓶の生花をなおしたり、入れかわりに手洗に立っていったりした。青木の体温の漂う空気には触れまいとでもするように。にもかかわらず、青木が奥まった机の上の仕事に一段落してふっと窓辺に立って行くとき、立てば互いに見通せる低い衝立越しに、水谷久江は発熱してうるんだような目で青木を見つめていることがあった。

「最近は、いくらなんでも訪問客が多すぎる。園児たちも我われも見せものじゃないんだ」中里が聞えよがしに呟いた。

「そう……」

青木もその意見には賛成だった。いや土足で花園を踏みあらされるような感じに苛立っているのはむしろ青木の方だった。賞金を懐にした旅先で、一度は死んでも帰りたくないと思ったとしても、帰ってみれば、やはり兼愛園が青木の花園だった。施設の運営に窮して、こちらがわずかの〈投げ銭〉でも、喉から手の出るほど欲しかった時、そっぽを向いており、ちょっとジャーナリズムにとりあげられるや、物見遊山《ものみゆさん》気分で見学に来、民族矛盾の問題がこんな身辺にあることを知りませんでしたなどと感嘆してみせる貴様らはいったい何者か。

もとは園児であり、比較的優秀であったことから雑用係に採用しているコリー青木（園児の多くは戸籍上、青木の養子である）に向って応接室まで茶をもってくるように彼は命じた。

――訪問客は誰かは知らないが、土足で俺の花園を荒さんでもらいたい。生活者に寄生する政治ゴロなどにはもう会いたくない。満洲時代のどんな苦労をともにしたものであろうと、いかなる大義名分が残っておろうと、自分で鍬をもち自分で田の草をとり、自分でロクロをまわして食器を造る、そうした生活を知らぬ人間には会いたくない。共産主義者だろうと国家社会主義者だろうと、超国家主義者だろうと、もはや俺は一切の煽動家、一切の高飛車な理想を信じないのだ。政治献金も宗教献金も俺はしたくはない。あの賞金を、びた一文も人にわかつつもりはないのだ。

来客は窓辺に立って外を見ていた。

「何か用かね。寄付なら断るよ」青木はあびせかけるように言った。

二

「先日は失礼した。京都にちょっと用事があってね。ついでだから足をのばして寄ってみた」芝安世は大きな風呂敷包みをかかえていた。瞼が寝不足のようにたるみ、相変らず風采をかまわぬ鬚面だった。

「施設を見ますか」と青木は冷やかに言った。

「いや、いい」芝安世はじっと青木の白髪に目を注いで言った。「ただ、出来ればね、昔お世話になった奥さんに、一言お礼を言いたいと思ってね。できればね」

青木は沈黙し、芝安世もまたそれ以上、同じことは繰返さなかった。

「そうそう、京都の漢籍専門店で珍しい文献を手に入れた」芝安世の方から話題をかえた。「鄭孝胥が日本にきて京都で遊んだとき、森槐南ら日本の詩人たちと唱和した詩集の写本を見つけた。おそらく、その時の関係者ぐらいしか持ってないんじゃないかな。彼の海蔵楼詩集にも入っていない」彼は風呂敷包みの中の書物を愛撫するように、軽くその包みを打った。

満洲の建国当時、芝安世は、鄭華を通じて国務院総理鄭孝胥とも知りあい私設顧問の一員に数えられた。顧問とはいっても実質上の職務は通訳にすぎなかったが、平仄をあわせ韻をととのえうる漢詩の才能でどの日本人顧問よりも鄭孝胥に愛されていた。青木自身は、清朝の遺臣鄭孝胥には二、三度しかあったことはない。何を話したのだったかも忘れてしまったが、昭和九年三月一日、長春改め新京と号した首都で行なわれた溥儀執政即位大典での鄭孝胥の姿は忘れがたく印象に残っている。

その日、首都のメインストリートには八キロにわたって満洲国軍隊が整列警備し、さらに関東軍将兵が、それを監視するように居並んでいた。そして式場の高台に、若い溥儀執政がやや蒼ざめて立ち、日本の軍人、シナ官吏、そしてシルクハットに身を固めた外国通信員の見守る中を、鄭孝胥は儀礼・周礼の古式にのっとり、三たび執政の前にすすみいで、きざはしに額をうちつけて血を流さんばかりに頓首礼拝した。その姿は、関東軍や満洲の反張学良派の軍閥あるいは蒙古諸王や宗社党の思惑とはちがい、彼だけが一たび滅びた清王朝に対する時代おくれの忠誠の念によって行動しているゆえに、涙をそそるものがあった。青木の観念の中でも執政溥儀はのちに皇帝となってからも傀儡にすぎなかったが鄭孝胥はその傀儡に向けて生涯の誠実を尽そうとしていたのである。傀儡たる皇帝自身よりも、古風な儒家思想にこりかたまった国務院総理鄭孝胥こそが、前後十三年にしてついえさった幻の国の歴史の、最大の被害者だったかもしれない。

「京都の嵐山で歌った律詩がいいものだよ。そして今読んでみると、日本の漢学者たちにとりかこまれて酒宴を楽しみながら、亡国の韻とでもいうべき悲しい予感が秘められてるんだな。昔、よく絶句を作って鄭蘇戡《そかん》（孝胥の字）さんに見てもらっていたが、恥ずかしい。神韻というのかな、我われには、漢字にああいう多義性をもたせる能力はない」

「君には文学の才能があってうらやましい」と青木は言った。満洲時代には、青木はもっぱら参謀部第三課嘱託の早瀬勇権とばかり論争していて、芝安世の風流人気取りはむしろ軽くみていた。芝は青木の宅にしばらく居候していたが、それも、居候されても青木の生活や観念に特に影響はない人物として遇していたことを意味する。

コリー青木ではなく、何故か、水谷久江が茶をもって応接室に入ってきた。

「やあ」と気軽に芝安世は声をかけた。「この前はどうも。林秀光が妙な歌をどなったりしてびっくりされたでしょう」

水谷はしばらくぼんやりと芝安世に目をそそぎ、そして受賞式後の経過を思い起してか、頬をそめた。青木の方の茶碗を机にのせる時、茶碗はかちかちと鳴っていた。

「秘書の——何と言われたかな、そう、水谷さんには、われわれはあまりよい印象を与えなかったらしい」芝安世は笑った。「あとで私は林秀光に言ったものだ。青木は混血児収容所の園長であるだけじゃなく、かつて満洲の開拓団員にも教育をほどこしていたように、職員さん方にも、得意の中国語を教えていたに違いない。貴様の歌はあのうら若い女性に全部解って、ショックを与えたにちがいないと」

「いや、英語は教えたことはあるが、中国語も満洲語も教えたことはない」青木は言った。知識は必要を満たすだけで十分なのだ。混血児をアメリカやブラジルに移住させるための書類は英語であって、中国語ではないのだから。

「いつごろからかな」芝安世は考えこむように言った。

「日本人が中国の文献をまったく読まなくなったのは。日清戦争後のことかね。戦争に勝つということは何も勝った方の国の品性がより秀れているということではないんだがね。そして自惚れた揚句、日本人は中国のナショナリズムの強靭さを遂に正視しえなかった。文献も読まず会話も出来ないんだから、気のつきようもない。今のアメリカさんも同じことだが」

「そう、満鉄の調査部ですら、本当に満洲語や中国語をこなせた人はすくなかった」

昔、満鉄の調査部にはほぼ三つの傾向が混在していた。一つは青木もその一員だった東亜同文書院系の調査員。社会科学的方法論には欠けていたが、地味に各地を踏渉し満人とも交際して、足で任務を果す人々。玉石混淆でいろんな人物がいたが、酒席の悲憤慷慨でも、もっとも話の合うのはその人々だった。第二は、東大京大など内地の秀才コースを歩んでのち、調査部が拡大されてから入社してきた人々。大概は白皙紅顔であり、考え方もリベラル、理論的能力はずばぬけていた。公言はしなかったが社会主義の洗礼を受けていた人々も少なくないようだった。有能であり、部内で論じあう議論もまともだったが、青木はなぜかその人々を好まなかった。政治体制はどう変ろうとその人々は安全な中堅の地位をしめる官僚予備軍のように青木には見えたからだった。その直感は実はあやまたなかった。彼らにとっては満洲国の崩壊は、単なる一時的な失職を意味したにすぎず、ほとんど精神的な傷はうけることなく、敗戦後まっさきに内地にひきあげ、戦後の経済復興にともなって、官庁やその外郭的研究調査機関に横すべりしていた。林秀光も結局はその一員だった。いまひとつは大川周明直系の、今の用語でいえば超国家主義者のグループである。当時青木の抱懐していた国家社会主義は、ある部分ではこの人々の考えと似ていたが、土民に対する彼等の態度には賛成できなかった。植民経営の成功の秘訣は、人間の文化性にみられる弱点に乗ずることにあるという調査部創設者後藤新平の主旨が、大アジア主義という仮面をまとって、彼らには露骨に継承されていた。表面上の意見が似ているからこそ、その態度の差はより激しい憎悪を生んだものだ。そして後二者の人々の中で、満洲語や中国語、蒙古語や朝鮮語を本当にこなせた人々は少なかったのである。

「言葉が出来ないんだから、何を調査しても要するにアジア的生産様式ということに帰結する。日本人の観念性は左右を問わない」

「今さらそれを怒ってみても仕方がない。帰らぬ昔だ」芝安世が天井をふりあおいで言った。

「しかし、文学は残るよ。あやまちの上にも文学は狂い咲きの花のように妖しく匂うことがある。俺のみるところ、清末から中華民国にかけて、学者としては章炳麟、詩人としては陳三立と鄭孝胥、この三人が古典中国文化の最後の華だね。梁啓超も才人だが、少し日本化しすぎている。そして国粋主義者だった章炳麟は革命の指導権を広東派の孫文に奪われ、陳三立は方向を見失って蟄居し、鄭孝胥は満洲国の総理となって滅びた。その処世は歴史の方向には沿わなかったが、その文学は秀れて美しい。おれは陳三立の江西詩派の風を受けた七言律詩や李商隠風の艶体の詩が好きだが、読んでいると、じりじり腸がねじれてくる。どうしてかね。文化は爛熟しながら、政治は四分五裂となり、社会に頽廃の気風の漂うとき、古人が、真珠は月の光の結晶だと信じたように、長い文化の歴史が、いま滅びようとするとき、方向を見失った詩人の魂に真珠のように結晶する。歴史というものは不思議なものだな」

青木はそのとき身の危険を感じた。考えてみれば、教養の質をほぼ等しくし、世代も経歴も共通していて、その話のすみずみまでを理解しあえる人との対話というものを、戦後ほとんど持ったことがなかった。芝安世の不意の訪問と何気ない述懐は、荒涼とした青木の心の砂漠に泉の幻影をもたらした。砂漠そのものよりも、なお危険な泉の、しかも幻影を。どうしようもなく、彼はその幻影にひきずられてゆく。自覚はしても改めえないものが、たしかにこの世にはある。それはどうしようもない事なのだ。

「だが、生き身の人間は文学のようなわけにはいかない」青木はその幻影に抵抗するように言った。文学は美しければいいのだろうが、人間は生きねばならない。五族協和の理念の残骸を抱いて生きる青木にとって、進駐軍兵士と日本娘の間の混血児を育てることが、どんな苦しみであったか、芝には解るまい。混血児を日本人として育てるか。コスモポリタンとして育てるか。それとも一個の普遍的人間として育てるか。だがその思弁の進展よりも早く成長してゆく子供たちに、何とか職を探さねばならず、またアメリカ人家庭に引きとらせようとして、ふたたび青木は国家の壁にゆきあたった。混血児――それはたまたま毛色や瞳の色の異る男女が愛しあった結果生れたものではなく、一つの国家が他の国家を武力で征服した結果の産物だったからだ。かつて満洲で異民族を結びつけようとしていた時には、彼は東亜の〈盟主〉なる日本人の一員であったゆえに、その単純な事実に気付かなかった。だが敗者の側に立ったとき、男と女との――個々の事件は必ずしも強姦というかたちをとったわけではない交媾にすら、内に支配し外に闘いあう国家の影が覆いかぶさっていることを知らねばならなかった。孫悟空のどんな飛翔も釈迦の掌から抜け出しえないごとく、人間のすべての行為の上に、神仏ならぬ、国家の影がおおいかぶさっているのだ。

進駐軍司令部は五十パーセント以上のアメリカ人乃至は白人の血の流れていることを証明できなければ、その混血児のアメリカ移民も養子縁組も、さらには出生の事実すら認めなかった。

たとえ父親の側に父親として責任をとろうとする善意があっても、進駐軍兵士と関係した女性が、すでにアメリカ人との混血であるか、白人たとえば白系ロシア人である例外的な場合を除いては、その子供は要するにアメリカ国家にとっては、保護すべき人間ではなかったのである。後進国家や占領地区に、あれだけ気前のよい放出物資を与えながら、混血児の収容施設にだけは、びた一文、ミルクの罐一つアメリカ国家は貸しあたえようとはしなかった。逆に施設を弾圧し、混血児を目立たぬように分散させ、むしろ人知れず餓死させようとしていたのだ。

日本の女性の性器は、下腹部に横ざまに割れてついているという馬鹿げた妄想に駆られたり、あるいは浮世絵に刺戟されて、その秘画の誇張を実見してみるために、一人の無教養な兵士が豚をころがすように一人の女性を弄ぶ。女性は自暴自棄になり、転落し、やがて孕《みごも》り、病毒におかされて、そのかさぶただらけの嬰児を兼愛園の門前に捨てる。その子に肉を授けた父はわからず、その父の国は、その子を人間とは認めない。

アメリカに、混血児を受け入れる新しい移民法ができたのも、ドイツその他に駐留していたアメリカ兵とヨーロッパ女性との間の子供のことが問題になってからのことである。黄色人種との海外混血児の問題は、国家も教会も懸命にそれを伏せつづけた。ドイツを降伏させるためには原爆は使わず、もう一押しでついえ去る日本の広島と長崎で、それを試みてみたのと同じ精神がそこにも生きていた。

むらむらと燃えあがる怒り――。

青木にはしかしもはや相手を糾弾する何の正義もない。彼は一たび完膚なき蹉跌《さてつ》を経験していた。いや何よりも、彼は敗者の一員だった。だがしかし、それは戦勝国が正しいということは意味しない。すべての敗北が美しいとは限らないように、すべての勝利が正しいとは限らない。

別な次元で反米を呼号する進歩的政党も、労働組合も助けてくれなかった。資本家も聾唖学校や身体障害者施設には寄付しても、混血児収容所には、得意の〈投げ銭〉ひとつあたえなかった。混血児たちは要するにパンパンの児であり、民族の恥であり、布施が何倍かの見かえりの報酬としてかえってくる見込みもなかったからだ。「混血児はプロレタリアートではないが、なプロレタリアート以上に疎外されている。この二重三重の疎外状況こそが、将来もっとも尖鋭な革命的分子を生む可能性があります」と中里徳雄は職員の一員に加わった当初に言っていたことがある。その着想は、政治とセックスなどと、甘やかされた世間知らずの知識人がならべたてる御託よりは見どころがあったが、着想の面白さだけでは腹はふくれない。すでに国家の恩恵に浴している国民の中の急進主義者にとって、国家はやがて消滅すべきものであっても、すべてがユダヤ人マルクスのように思想的国際性を獲得できるわけではない混血児にとっては、なんとかして既成の民族に融けこみ、国家の枠内にもぐり込むことが先決だった。人は何をなすにしてもまず存在し、その存在を共同体に承認され、教養や地盤確保などの準備を積まねばならない。そして、その存在を保証し、成長を保護するもの、それは現代においては、とりわけ父なき混血児にとって、教会でも社会でもなく、国家だった。この結論が、かつて曠野に新国家を築こうとして失敗し、国家に背かれまた国家に背いて生きのびようとした者にとって、どんなに口惜しいものであったか、芝安世には解るまい。いや、青木を尊敬する職員たちにすらそれは分ってはいない。

「韓非子だったかで、こんな話を読んだことがある」芝安世が青木の内面の動きとは関係なく言った。教養の質を同じくする芝にも、青木がそうであるように、逸話になにかの感慨を託そうとする偏向が、あったのか。「春秋時代の末、衛の霊公が旅の途次、濮水《ぼくすい》のほとりで、どこからともなく聞える心をとろかすような鼓の音を聞き、侍従の楽人師曠にその曲を琴で覚えさせた。それから霊公が当時の覇者である晋の国をおとずれて、晋の平王の前でその曲をかなでさせるんだな。だが、その曲はあまりにも悲しく、師曠は全部はひけないという。だが晋の平王は、わしは音楽が好きなのだ、ひけと命ずる。聞きおわって王はいう。いまの曲は何というのか、と。師曠は答える、清角の音なり、と。王はいう、清角の音、もっとも悲しきや。師曠はいう、清商にしかず、と。平王はそれではより悲しいその曲を聴かせよと命ずる。師曠はいさめる。清商の音、さらに悲しき清徴の音は、亡国の音楽である。こんな不吉なものを聴いてはならない。人間として完成された有徳の、聖人君子のみが聴くことを許される、あなたにはまだその徳はそなわっていない、と。その時、王は答えるんだね。わしは一瞬の美のために、自分の国を滅ぼしてもいい、と。そしてその音楽がかなでられたとき、黒い鶴が舞い、風が吹き雨そそぎ、そして音楽のおわるとともに大音響を発して殿堂がこわれる。以来、晋の国に旱魃がつづき、平王も癩病にかかって倒れたという」


芝安世がどうしても、青木の妻の房江に会いたいと言って、つれだって兼愛園を出ようとした時、水谷久江が恐怖のこもった目で、青木に追いすがって言った。

「今日は兼愛園の十七周年の創立記念日です。早くお帰りになって下さい」

その水谷の漂わす甘酸っぱい体臭に顔をそむけて、青木は、

「いつも君に妻の汚れ物を洗濯してもらっていたが、今日は時実君をつれてゆこう。時実君を呼んできてくれ」と冷酷に命じた。

水谷はしばらく逡巡し、時実をよびに行くまえに、すでに門を出ていた芝安世のもとに駆けてゆき、意外なことを懇願した。水谷のつもりとしては、内密に声をひそめたのだったろう。しかし、その声は、語尾のふるえまで、青木にはききとれた。

「もういらっしゃらないで下さい。青木先生を誘惑しないで下さい。もと、満洲で御関係のあ

ったという人がお見えになるたびに、青木先生は、段々と、暗い暗い、こわい、こわいお人になって行くんですから」

三

滑りどめの、波状の模様が刻まれたコンクリート舗装の坂道を、大きな風呂敷包みをかかえた芝安世と並んで、青木は普段着のままとぼとぼとおりた。芝は何処で怪我をしたのか、かすかにびっこをひいている。時実正子は少しおくれて、はじめて指名された精神病院への同行を、喜ぶような、またとまどったような表情でついてくる。宅地造成地帯をすぎ、高級住宅街をよぎり、繁華街近くにきて、芦屋の海岸近くにある病院までの道を、電車ではなく、自動車で行くことに青木はきめた。芝が重い書物を携えていたことと、自分の野良着のままの姿を配慮して、日頃の倹約一途な習慣を破ったのだ。そして、青木は自動車の窓から、牢獄から牢獄へとたらい廻しされる囚人のように、もう同じ景色を二度と眺めることができないかのように、郊外の家々と樹々を見た。まばらな家々の窓は鉛色ににごり、楓は散り松は黒ずんでいた。

「ちょっと十日ほどこれなかったが、今度わたしたち兼愛園の事業が世間にみとめられてね。

先日、東京へ行って賞状をもらってきたんだよ」

青木は重症患者の個室につくねんと坐っている妻の房江に話しかけた。人間的な意識を失ってしまった房江の表情は、密林にすむチンパンジーのように間のびして見える。刻まれた皺が、皺よった理由が忘れられて形骸だけが残ったからだろうか。房江は子供のような瞳をしておりながら、顔全体はすでに老婆だった。彼女はまだ、四十八歳にすぎなかったのだが。

「お土産に、昔お前の好きだったコンペイ糖を買ってきてあげようと思って探したんだが、今どき、そんなお菓子も売ってなくてね」

何を語りかけても通ずるはずはないのだが、隔日にやってくる見舞いの度に、青木は日記を読みきかせるように、こまごました日常の茶飯事を語りきかせる習慣になっていた。今日、兼愛園の畑の藷を収穫したのだとか、昨日園児の一人が盲腸で入院したのだとか。彼自身のノートに記録されることもなく、また妻に話しかけても理解されない、日々の実録。青木の日記は、色のないインクで書かれる文章のように、病院の一室で語られ、そして消えてゆく。それが権力への意志を、内に断念した人間の、最後の誠実ででもあるかのように。

芝安世はまだ扉の外に立っていた。時実正子がいつの間にか襷がけをして、部屋の隅の合成樹脂製の衣裳籠の中から汚れものを選び出して洗濯バケツに移し入れている。建物の全体は木造だが、部屋の壁は頑丈にできており、部屋そのものにも、置きものにも鋭角的なものは何もなかった。小机も角は丸く削られており、窓の柵もすべすべしていた。いつもは水谷久江が妻の世話をしていて、時実正子ははじめてだったが、混血児の身のまわりを世話しつけていて、彼女はてきぱきと働いた。

そのとき時実正子が小さく声をあげた。机の上に飾られた子供の位牌から目をそらせた青木の目に、一瞬、時実正子がまるめてバケツに移そうとした腰巻きに、べったりと血のにじんでいるのが見えた。女性の生理は、気のふれた妻にもかかわりなく、周期的にめぐってくる。苦悩からも悲哀からも解放されて、かえって房江の母体としての寿命は、普通の女性よりも長びくかもしれない。青木は老婆のようになった妻が、昔の敏感さを失って、体から血の流れでているのにも気付かずに、すやすやと睡っている姿を想像した。慢性化したかすかな痛みの感覚が青木の裡によみがえる。

「奥さん。芝ですよ。芝安世ですよ」

廊下側の窓の柵越しに芝安世が呼びかけたが、もしやと思っていた奇蹟は起らなかった。しかし言葉の意味は解らなくとも、音のする方向は解るのだろう。妻はじっと芝安世の鬚面に視線をそそぎ、微笑したように見えた。本当に微笑したのか、微笑したように見えただけだったのか。呼びかけている芝安世の方の表情が、耐えきれずに崩れたようだった。

青木は小机の上に、将棋の駒のように並べられた大豆や漬物のきれ端を、そっと紙に包んだ。

一日に二つずつ、昼の食事の惣菜の中からより出しておき、隔日に訪れることになっていた青木にそれを食べさせるのである。受賞式をはさんで十日間足が遠のいていたために、大豆の数は二十あり、そして半ばが腐って悪臭を発していた。

「奉天時代、君んとこに居候していて、奥さんに小遣銭をせびるたびに、困ったような怒ったような微笑をされたものだった。あの微笑と同じ微笑だった」

時実正子が洗濯をすますまでの間、海岸べりに出ると、大阪湾はその日、曇天の空を映して鈍色《にび》だった。船のかげもほとんど見えない。芝安世は打ち寄せる波のリズムにあわせるように首を横に振っていた。

「道はわかっているから、私は先に失敬しよう」芝は鬚面を撫でながら、東京へきたら是非連絡してくれと言い、そして二つに分けた風呂敷包みを背にかけると、

「子供さんたちによろしく」と言葉を結んだ。彼にも、病室の小机の上の位牌は見えたのだろうか。青木と妻との間の子供、居候である芝に、父親以上になついていた二人の青木の実子については、芝はやはり一言も口にしなかった。

「先生は満洲にいらした頃のことを何もおっしゃらないので、わたし、全然知りませんでした。奥様の衣裳箱の底のお写真で、はじめて知りました。あんな可愛いお子さまがいらしたんです

のね。親のない、親に見棄てられた混血児を先生が何故あんなに献身的にお世話なさるのか、今日少しわかったような気がしましたわ」

タクシーの中で、時実正子は上気した頬を両方の掌でおさえて言った。彼女は錯覚していた。いや、それはまったくの錯覚ではないにしても、観念的な理解だった。彼女には子供をもった経験もなく、子供と生き別れした経験もない。

「昔、石川五右衛門は、捕われて、子供とともに四条の河原で釜ゆでにされた時、段々とあつくなってゆく釜の中で仁王立ちになり、子供を両手で高くさしあげて死んだそうだ」

「わかりますわ、そのお話」

「だがね、もう一つの説があって、最初はたしかに高くさしあげていたのだが、湯がもう我慢のならないほど熱くなったとき、泣きわめく子供を釜の底にしずめ、踏み台にしたともいう。時実君はどちらの説が本当だと思うかね」

「奥様のご病気も、きっと子供さんを亡くされた悲しみと関係がありますのね」時実正子には、青木の問いかけの意味はわからないらしかった。

海岸沿いに建ち並ぶ倉庫や商船事務所、さらには造船所のクレーンの合間から、鈍色の海の、しかしやはり波は白く輝く、その輝きがタクシーの窓に飛び込んでくる。ドックに引きあげられ、醜い吃水《きっすい》線下の錆をさらして解体される船を、青木は首をねじっていつまでも見ていた。

帰りにもタクシーを使ったのは、青木と水谷の東京滞在中、神戸の新聞には青木のプロフィルが大きく掲載されたという時実正子の報告があったからだった。新聞にちょっと顔写真がのったぐらいで、誰にでも顔を覚えられるというわけではない。その分野に強い関心を懐いている人にとってしか、顔写真など意味はないのだということを彼は知っていた。だが、青木には受賞式の壇上で立往生した彼に向けた拍手が道徳的な脅迫のように聞えたように、彼の白髪頭を振返ってみるすべての視線が無言の難詰《なんきつ》のように意識されたのだ。あちらの町角、こちらの喫茶店にも、奉天、新京そして永安屯や朝陽屯での生活を知っている人間がいて、彼によびかけ、彼に手をあげそうな気がしたのだ。むろん国家建設や国家改造の陰謀を共にした人間や屯墾《とんこん》病《びょう》にかかって青木に反抗した人間は少数にすぎなかった。また敗戦の際、引率していた開拓村の団員を見棄てた彼の逃亡も、その一隊がほとんど全滅したのであってみれば、彼自身が告白しない限り明るみに出ることはない。だから、偶然、街角で昔の知人に出会っても、なつかしがられることはあっても、憎悪の目をむけられることはまずないだろう。しかし、彼は迫害される予言者のように群衆を恐れ、どこからともなく石つぶての飛んでくる幻覚に悩まされねばならなかった。

「精神を病んでる人って、意外に沢山いますのね」時実正子が体を彼の方にねじって言った。粗末な着物の襟元が少し汚れているのが青木の目にとまった。

「君にしきりに挨拶している患者がいたね」

病院の中庭で、黙りこんで蹲《うずくま》ったまま地面を見つめていた女や、紙切れをひきちぎりながらせかせかと歩きまわっていた男など、その状態の異常さが、実際にいる人数よりも数を目立たせた。もっとも統計的には彼女の感慨は誤っているわけではなく、ノイローゼ患者を含めれば、百人に一人は何らかのかたちで脳の異常や神経疾患をもつという。精神薄弱児の実態を調査する過程で青木はそれを知った。

「今日はちょっと寄り道しよう」と青木は言った。「この間、受賞のお祝いを皆からしていただいたが、そのお返しをまだしていない」

「あら、そんなこと」

「それに付き添ってくれた水谷君には、東京で御馳走する機会はあったけれども、時実君にはお土産も買ってこなかった。これから、兼愛園の組織がえで水谷君は忙しくなるから病院へ連れだってもらう役は今後、君に頼もうと思うが、そのお礼も兼ねて今日は御馳走しよう」

「でも、今日は兼愛園の創立記念日でしょう」

「会までには帰れる」

極端な節倹生活のために、地元でありながら適当な場所も思いつかぬまま、青木は運転手に場所探しを依頼した。そして、青木はその時薄く汗のにじんだ時実正子の襟元に視線を注ぎながら、自分が何をするつもりであるかをはっきりと自覚した。

四

「ささやかながらも諸君とこうして水入らずのお祝いの宴をもてるなどということを、私はかつて予想したこともなかった」

眼球の裏の神経が錐でもまれるように痛むのに耐えながら、青木は回顧的に言った。創立記念日は毎年、秋の深まる頃にめぐってくるのだが、従来は、職員の半数に休暇を与える程度で特別な祝いはしなかった。仕事の性質上、技術開発部門や体育部門の受賞者のように関係者全員が式典やパーティに出席するわけにもいかなかったその穴埋めを、日の近づいていた創立記念日に託したのである。園児たちの棟の消燈の時間はすでに過ぎて、十九人の職員たちは、肌寒い講堂で酒抜きのささやかな馳走の前に整列していた。一人、時実正子が欠けている。急に妻の房江が躁乱状態に入ったため、と青木は説明してあった。腹痛を耐えるように水谷久江が眉をひそめただけで、疑うものはいなかった。

「考えてみれば随分といろんなことがあった。水谷君がもっとも早くこの事業に協力してくれたが、創業のころの苦しみはひとしおだった。占領軍は混血児の存在そのものを伏せようとして、手をかえ品をかえて弾圧してきたからね。どこからともなくPXの品物が寄贈されてきて、おかしいなと思いながら背に腹はかえられず使ってしまったあとになって、MPが不意に闖《ちん》入《にゆう》し、ミルクや砂糖の空罐を証拠に私を検挙したこともあった。ことぶき産院で嬰児の大量虐殺が発覚したときには、警察は悪意の投書にそそのかされて、せっかく種を蒔いたばかりの農場を徹底的にほじくりかえして行ったこともあった。なんど、旧館の応接室でGHQの将校と殴りあわんばかりに言いあったことか。一人二人ものの わかった将校がいて、威嚇するようにして説得すれば、すぐその将校は沖縄や朝鮮へ転任になった。兼愛園のことを記事にした神戸新聞の記者は何者かの圧力によって馘になり、混血児は太平洋を超える愛の架橋だなどと甘ったるいヒューマニズムを宣伝したNHKのアナウンサーも翌日に馘首された。勝利者にとって敗者は奴隷にすぎない。領主にとって家臣が、武士にとって農民が、地主にとって小作人が、究極においては物にすぎないように、神の民を自負する民族にとって異教の民は、また戦勝国民にとって敗戦国民は、要するに〈物〉であり二本足の獣だったのだ」

そう、それは五族協和の鼓吹にもかかわらず、かつて日本の居留民は満洲人を顎で使い、中国人をチャンコロと罵っていたのと同じことだった。

「園児たち全員が疥癬にかかって瘡蓋《かさぶた》だらけになり、発疹チフスがはやって次々と高熱を発して死んでいったこともあった。駅頭では占領軍は乗降する乗客全員にDDTを撒布しておりながら、この施設には一握りのＤＤＴもあたえようとはしなかった。やむなく水谷君や藤沢君と一緒に数人ずつ園児をつれて、何度も何度も神戸駅と兼愛園を往復したものだ。おかげで私も水谷君も、背中も腹も薬品にかぶれて腫れあがり、十日間も風呂に入れなかったこともあった。過ぎ去ってみれば、それも一つの滑稽な逸話にすぎないが、私たちは、そうした体験の積み重ねこそが、私たちの歴史であり、権力者が御用学者を動員して編纂する正史とは異る、本当の歴史であることを知ったと思う」

ＤＤＴで腹も背中もただれた日、青木は水谷久江とぬるま湯で皮膚を洗いあい、湿布をしあったものだった。まだ看護婦の経験のある保母の花井勝子もおらず、顧問医師もいない時代のことだった。夜、停電ばかりする洗い場で、青木は、体の造りのすべてが小さく、また皮膚はただれておりながら、当時は争えない若さがあふれていた水谷久江の背を洗った。

「先生、こそばい、こそばい」

彼女が浅ぐろい体をくねらせて振返る時、そこには若い無辜《むこ》な媚があり、あの時、青木は水谷を抱擁してもよかったのだ。水谷は最初の青木の協力者である。青木と水谷が共同生活の中から自然に結びついても、誰も非難はしなかっただろう。なぜ、あの時、青木は苦虫を嚙みつぶしたような顔をして、燃えあがっていた自己の欲望に耐え、十数年もののち、彼女の若さも衰え、青木もほとんど老境の身となって、不意に彼女を手ごめにしたりしたのだったろう。

「私だけではなく、私たちの全体が、ある時は右翼の残党と罵られ、あるときは共産主義者と結託して反米闘争を目論《もくろ》む集団としてマークされた。しかし、考えてみれば、占領軍や政府の圧迫と無理解とが、逆に私たちの闘志をそそり、覆いかぶさってくる悪意をはねのけようとしていた時、私たちは正しく生きていた。……そう、困窮こそが、私たちの道徳だった……」

水谷久江のすすり泣きの声に、青木は談話を中断した。表彰式でいうべきだった話を、内弁慶よろしく内部に向けて述べようとし、そして、今度もまた、彼自身の涙によってではなく水谷の涙によって突然に中断した。ああ、すべてがちぐはぐだ。そして、水谷久江の歔欷《きよき》によって中断されずとも、彼にはもはや自己主張すべき、何の資格もありはしなかったのだ。

何故、不意に、こんなにも急激に、彼は崩れに崩れたか。

青木の体には、まだ時実正子の体臭と、嗚咽《おえつ》しながら震えていたその肉の震えが残っていた。ほんの二時間ほど前、港の見える料亭の一室で、暴力で侵されるというかたちでしか異性を知らない時実正子を彼は犯したのだ。ただ一度の不幸な性的経験によって生涯その花弁を閉ざしたまま生きようとしている女性を、同じように力ずくで絶望のどん底につきおとすことが、どんなに残酷なことかを、青木は知っていた。にもかかわらず、彼はそれをあえてした。

「いけませんわ、先生。いけませんわ、先生」何の疑いもなく喜んでついてきた時実正子は不意に抱きすくめられて、ほとんど泣くようにして言った。

「そうなのだ。いけないことなのだ」青木は彼女の肩、その肩に乱れかかった髪の向うにのどかに広がる夕暮れの海の蒼さを見ていた。いや海ではなく、海と空との、境いも究めがたい茫々とした水平線の彼方を。

秘書の水谷久江との関係は、いわば突発的な〈事故〉のようなものだった。窮乏に耐えるための道徳しかしらなかった人間の、栄誉ののちの気のゆるみと、旅の感情が交錯した〈事故〉だった。彼の血ぬられた心の歴史と、まったく無縁ではないにしても、少くともその直前まで彼自身が自分の行動を予想していなかった。だが、時実正子に対しては、彼女が妻の房江の下着を洗い終り、そして「東京では水谷君には御馳走したから、今日はあなたの労をねぎらいましょう」と誘ったときから、彼女におどりかかるだろう自分を自覚していた。

時実正子の肩の肉づき、胸の厚味は水谷よりもはるかに豊かで柔らかだった。奪った唇の温かさも甘みも、より成熟していた。そして不意に、時実正子は全身の力を抜き、彼が腰にまわした腕だけに支えられて、ぶらさがるような姿勢になった。あまりにも短くはかない抵抗。

「わたくしと結婚して下さいましね。わたくしと一緒に生活して下さいましね」何を錯覚したのか時実正子は目を閉ざしたまま哀願した。「ご病気の奥様を決して見棄てたりはしません。お世話はしますから……でも正式に結婚して下さいましね」

すでに準備のととのえられている隣室の蒲団の上にはこばれてからも、時実正子は目を閉ざしたまま訴えつづけた。

「わたくしは先生を尊敬してますもの。わたくしは先生に救われたんですもの。先生が好きだったんですもの」はるかな過去の恐怖の記憶と闘おうとするように彼女は呟きつづける。ぶるぶると震えていた彼女の肉体が震えつづけながら、指先までが脈をうち、皮膚の全面が燃えるように熱くなったとき、彼の悪魔的な欲望は頂点に達し、そして、彼は他の部分には女性の感覚と悲しさのすべてがそなわっておりながら、その部分には苦痛しかない彼女の悲鳴をきいた——。その時、敗戦後の牡丹江の町に、満人の暴動によって虐殺され道傍にころがされていた日本婦人の死骸のイメージに彼は捕えられた。髪を剃られ、あお向けにころがされ腹部に剣をつきたてられた死体。そしてその横に頭をぶちわられて転がっていた子供。蔣介石軍や八路軍、ロシア軍や匪賊が入り混って戦いあう敗戦後の曠野を、彼はあちらからこちらへと変装して逃げまどい、そこでも自分が日本人であることを知られるのを恐れて、満人とともにその死体に唾を吐きかけた。そして今、彼は死体に唾を吐きかけるように、醒めきった意識のままに射精した。彼は何かから逃れたかったのだが、逃れようとする努力を吸って、過去は蜱《だに》のようにふくれあがっていた。

崩れるべき理由は山とあった。一々数えあげなくとも、満洲国の崩壊の日に、彼の人生は終っていたのだから。

だが、しかし、あの敗戦の日、国家人としての青木隆造は死んだが、社会人としての彼の行為にはなお寛恕《かんじょ》すべきものがあったはずだった。彼はそう考え、自分を慰めて、戦後を生きてきた。なるほど、大日本帝国の一員として満洲で行なった彼の政治的な策謀や行為は戦犯に値した。しかし建国期の参謀部の将校も更迭され、彼も満鉄を辞して開拓団員とともに、日々、荒野に鍬を入れ、雑草の曠原に高粱と玉蜀黍をそだてたことは、別段、悪ではなかった。日本の青年と満洲娘を結びつけ、その結婚の披露宴で挨拶をし乾盃をしたことが、悪だったろうか。共同生活の中に、自治制をしき、生産消費の共同・共有を考えたことが罪だったろうか。それ故にこそ、敗戦と流浪と抑留ののち、祖国の地に、兼愛園なる新たな共同体を築き、その運営に彼は自分の余生を賭けてきたのだ。国家と国家の戦いの中で、彼はたしかに人を殺した。しかし、彼は小さな共同体の生活では、厳格すぎるほど礼儀正しく道徳的だった。

国家には必ずしも道徳は必要ではないが、共同体には道徳は必須である。国家を指導する元老や政客や軍人は妾を囲い、美人の膝を枕にしてもよいが、開拓団や混血児収容施設の指導者は常に厳しく独居をも慎まねばならない。権力によって住民に命令する組織と、人格によって人を感化する組織は、その法則を異にする。貧しい慈善事業の責任者が朝帰りの寝ぼけ眼で事務所へ出ていったりしては、それだけでその団体は土崩する。経済的困窮よりも、運営上の意見対立よりも、道徳的腐敗こそが直ちに破滅につらなる、そういう社会というものがたしかに存在する。

それ故にこそ、戦後、小さな共同体に余生を賭した青木は、人間として当然許される快楽や慰安からすら身を遠ざけて生きてきた。彼はひととき、日蓮の著述を愛読し、奉天ではまた、さる禅師のもとで坐禅も組んだが、特別な宗教信仰はない。しかし、彼の戦後の生活は、厳格な修道僧のそれよりも戒律きびしいものだった。精神病院に妻を見舞っての帰り、繁華街の町並みは、もれでる甘美な音楽や刺戟的な料理の匂で常に彼を誘惑した。占領軍兵士や外国船員相手の歓楽街を横目に見て通る道すがら、幾度彼はむらむらとわき起る欲情に息をのんだか。だが、彼は彼がかつておかした罪への罰として、自分に快楽をあたえなかった。酒も、兼愛園の製品を買う業者との懇談の際のほかはのまなかった。きつい高粱酒で鍛えた彼の酒量は、ロシア人とウォツカの乾盃をしあってもくずれぬほどのものだったが、兼愛園の職員は、園長は下戸だと思っている。彼はみずから選んだ罰として一切の快楽を断ち、そのことによって職員たちに信頼され、自己の脳裡から一切の権謀をはらいのけることによって、園児たちにしたわれてきた。彼は規則をおしつけるよりも、常に自分が先頭に立って働いた。便所の糞尿のくみとりも、農場への施肥も、幼い混血児の夜尿症によごれた寝巻や毛布の洗濯も、園長みずからが率先して行なってきたのだ。国家人としての青木隆造は滅びたが、共同体人としての青木隆造は生きていた。その礼節によって、その忍苦によって、その自己滅却によって――。

にもかかわらず、何故、協力者の水谷久江を不意に手ごめにし、そしてまた不幸な時実正子の肉を意識的におかしたのか。

「ところで、早く皆とも相談したいと思っていたのだが……」

食膳を前にして、おあずけを食った犬のように坐っている職員たちに向けて青木は言った。何事もなかったかのように。

「兼愛協会に、つまりは我われ全員に新聞社よりあたえられた副賞を、今後の兼愛園の改組のために役立たせたいと私は思っていた。というのは、皆も知っての通り、ここ数年来、泣きながら、生れたばかりの混血児をここへあずけに来る女性の数は急激にへった。そのこと自体は喜ぶべきことだが、施設としては、教室を遊ばせ職員方に転職をすすめるなどということは出来ない。もっとも今まで全員が働きすぎていた感じもするから、多少ぶらぶらしてもかまわないけれども……」

職員たちは無邪気に笑った。

「で、簡単にいうと、混血児収容施設から精神薄弱児施設へと、徐々に切り換えてゆきたいと思っている。精薄児の世話は混血児以上に大変だろうと思うが、しかし、それがもっともスムーズに施設を生かし、諸君の経験をも生かす途だと思う」

青木が兼愛園を改組し、精神薄弱児施設に切りかえようと思ったのは、表彰式の際の不意の思い付きではない。安保体制がつづくかぎり、混血児はやはり祝福されぬ誕生をしつづけるだろうが、ミサイルが配置され、自衛隊が補強されるにつれ、駐留軍兵士の数は相対的にへり、また五、六千円で中絶手術のできる知識が職業婦人に一般化するにつれ、混血児の数は急激にへった。人間の精神や国家間の関係は変らぬまま、子宮を掻爬する技術が矛盾を部分的に解決したのだ。そして小手先の技術の解決しえぬ、より運命的な矛盾を、あえて担おうと、正常な青木は考えていたのだ。精薄児は生れるパーセンテイジにはある恒常性があるのだが、それは、生れかつある程度生成してみなければ分らない。現在の精薄児の概数は七十余万人。にもかかわらず特殊学級や施設はわずかに六十余。二千人ばかりが必要な教育や訓練を受けているにすぎない。妻の発狂は、先天的な精薄児の問題とはまったく異質のこととはいえ、精神を病む者への奉仕は、正常な青木にとっては最もふさわしいものだった。

「賛成ですわ。園長先生がそうおっしゃるなら」看護婦あがりの花井勝子が言った。

「中里君はどう思うかね」

「はあ、いいと思います。それが最も合理的でしょうから」

「早速だがね、そうと決まれば、誰か私と一緒に精神薄弱児を収容している施設を見学に行かないかね」青木は一座を見まわした。不安と期待、当然自分が指名されるという自負と、そうなれば再び重なるかも知れぬ〈過失〉への恐れの入り混った表情で水谷久江が青木を見あげた。彼は理由もなく微笑し、そして、「花井君、行ってくれるかね」と事務的に言った。

なぜ、また別の職員を指名したのだったか。

五

夜、妻の容態が気懸りだからと、水谷に言い残して兼愛園を出た青木は、五万円の現金と二十五万円の小切手を懐にして、夕刻、時実正子と夕食を伴にし、ベッドを伴にした料亭にタクシーを走らせた。歓楽街も旅館街も、夜は、みすぼらしさや意地穢なさを闇にかくして、落着いてみえる。俺は生きていてはならない人間だという一種本質的な反省をおしつぶして、青木は、意味あり気に笑っている仲居にチップを握らせ、海側の部屋へと階段を登っていった。

冷えきってしまった茶を前にして、時実正子は待っていた。わずか二、三時間の間に、蒼白くやつれ、泣きはらした目のふちに隈をつくって。青木の姿をみると、それでも女性の本能から鏡台の方に体をずらせて、時実正子は髪のかたちをつくろった。

「このお金をあげよう」青木はせき込んで言った。

化粧台に向っていた時実正子の顔が鏡の中で殴打にくだけるように歪んだ。

「このお金でアパートでも借りなさい。むろんアパートに移ってからでも、兼愛園の仕事を手伝ってくれていいが、この際、お茶や洋裁など人並みのことも少しは学んでおきなさい」

泣きかけていた表情が、何を錯覚してか、輝きをとり戻した。青木は別段、時実との結婚は考えていなかった。もし結婚のことを考えるなら、たしかに時実正子は兼愛園の中では最も美しい女性だった。水谷久江は知性的だったが、女性としての魅力には乏しく、またたとえば花井勝子はもの静かに主人に仕えるだろう性格だったが、すでに女性の盛時はすぎている。そしてまた青木に真の愛情があるなら、先天的に欠陥があるわけではない時実正子の冷感症もやがて癒されるかもしれなかった。だが青木には、ふたたび自分の子供をもち、育てるということが耐えられない以上、房江の籍を抜き新たに配偶者をもつことの意味はほとんどなかった。その上兼愛園での共同生活の他にもう一つ別な共同生活の場をもつ気もなかったのだ。寂寞はここ十数年来の彼の友であり、彼が今欲しているのは、むしろ兼愛園すら投げ出して、完全な孤独になることだった。

「こんなに沢山のお金……」小切手にのばしかけた手をひっこめて、時実正子は暗い疑惑のこもった目で青木を見た。外には霧が出はじめたのだろうか、しきりに汽船の警笛がする。

「このお金は……」

「そう、これは社会福祉事業賞の一部だよ」

「賞金は兼愛協会の者全員に下さったものでしょう」

「かまわんさ」投げやりに青木は言った。「二百万円を二十人の職員に配分すれば一人十万円ずつになるし、創立の功績を加味してもらって私にやや余分に配当するとして、その分も加えれば、三十万円は多すぎることはない」

「でも、そんなこと」

女性が考えを停めるとき、その頬に涙が光る。

「そんな、皆さんを裏切るようなことは、わたくしは嫌です」

「むろん、あのお金は次の事業の資金にと私も思っていた。しかし、それはいったん平等に配分されたお金を再び積み立てるという形になるべきものだ。この際退くものは退いてもいい」

奇妙な論理だが、法律的な筋は通っていた。そして、すべての組織は、創業の難の際には力と意志が、すでに組織が出来あがってしまった後には、法律的な詭弁が優先する。

「たとえそうでも、皆さんと御相談もせずに、勝手に……」

「勝手?」青木は痛いところを衝かれて激怒した。

「中里や水谷や、職員の全員に相談し、その了承がえられなければ、私が何もしてはいけないというのか」職員全員に向って、協力の精神を説き、まだその舌の根も乾かないうちに彼はまったく反対のことを言っていた。「なるほど新聞社は兼愛協会にと金をくれた。しかし、兼愛園を創ったのは誰だ。満洲で何もかも失い、わずかに郷里に残っていた山林を売りはらい、自宅を解放して、兼愛園をはじめたのは誰だ」

「違いますのよ。そうじゃ、ないんですのよ。わたくし個人は、賞金は先生御自身がぜんぶ御自由になすってもかまわないと思っていました。いずれ御相談があれば、奥様をもっと立派な病院へ入れてあげて下さいと皆さんにもお願いするつもりでした。亡くなられたお子さんのために、広い墓地と白いお墓を作ってあげて下さいと頼むつもりでした。でも、このお金を戴いて、お妾さんのようにアパートを借りて暮すのは厭なのです。先生を今だって尊敬しています。これからだってきっと尊敬しつづけるわ。でも、もう、これ以上、日蔭者のように暮すのは厭なのよう」

おう、と声をあげて時実正子は泣いた。

第三章

一

講堂を兼ねる混血児のための室内遊戯場のオルガンの上に、テレビが据えられ、六時から八時までの間の、許されたテレビ観劇を子供たちは楽しんでいた。園内を見まわっての帰り、青木は遊戯場の戸口に立っていた混血児の少女に手をひっぱられるままに室内に入った。暖房設備のない室内は寒く、秋ももう終りだった。テレビを見やすいように部屋の電燈は消されていて、窓から射し込む月光が、園児たちの、いがぐり頭や縮れ毛のおかっぱ頭をおぼろに照らしている。皆が背を向けているために、そこにいる子供たちの皮膚の色が、白かったり黒かったり、橙色がかったり黄色がかったりする差別は目立たない。薄暗がりが差別を平均化して、そこに群れるのは、埃くさく汗くさい匂を発している単なる少年少女たちであり、混血児ではなかった――。この世の中から差別をなくするためには、社会全体を暗黒にすればよいのだろうか。

青木は苦笑しながら、見たくもないテレビを、淋しがりやの混血児の少女に手をとられたまま、やむをえずに見た。

職員の誰が当番にあたっているのか、子供向けの番組が選ばれていて、軒と軒とが凭れ合うような貧民街を背景に、しきりに子供たちが画面に出入りしていた。演出者は非行少年の実態をうつし出したいらしかった。よく農民を描いた映画や劇が、東北弁を類型化した、「……んだ」「……んだ」といった実際には日本のどこにもない言葉を使うように、劇中の子供たちはおよそ現実性のない不良用語をはきちらしている。青木が東亜同文書院で教わった語学の教授が非常に言語に厳しい人であったため、青木には言葉遣いに敏感なところがあって、劇の筋もわからないままに不愉快になった。すぐ彼は私室に戻ろうとした。だが最後尾の二、三人が園長の存在に気付いておお尻をくねらせて空間をあけ、床をぱたぱたと打って彼を誘った。気付かれた以上、彼はにこやかにそこにとどまらねばならない。何事も我慢なのだから……。たとえ内面は襤褸《ぼろ》のようにぼろぼろであっても、彼に親愛の情を示そうとする園児たちのイメージを彼の方から崩すことはできない。

園長センセ……

横の混血児の少女が甘えるように話しかけた。シーッと周囲の者が唇に指をあてて制止する。

劇は大詰めにきているらしかったが、わずかのうちにも粗筋《あらすじ》はのみこめた。一人の女好きのするやくざが、追手をのがれて貧民街に難を避け、彼の腕っぷしのよさや、拳銃を携帯していることなどから子供たちに英雄視される。だが、彼の腕から銃弾を剔出《てきしゅつ》して治療してやった女医から、あなたのために、彼女がこれまで努力してきた地味な薫陶教化が台なしになったとせめられる。あなたはどうせ逃れられない。あなたが本当に子供好きなのなら、やくざは英雄などではないことを子供たちに見せつけて捕われてくれと懇願される。

ストーリーは感傷的で、俳優の演技も上出来とはいえなかった。だがその類型性が、子供たちの感情を揺さぶるのだろう、薄暗い遊戯場に、画面の子供たちと同化した歎声がしきりともらされる。青木はそっと体をずらせて戸口の方へ立ち去ろうとして、戸口と正反対の窓際に立って、青木の方をじっと凝視している人影に気付いた。月の光は逆光になっていて、その表情は見えない。しかし、それは水谷久江だった。

時実正子が兼愛園をやめてから、水谷久江はぱったりと青木に口をきかなくなった。彼女は何かを直感し、しかも兼愛園を退いては生きてゆけない自分を悲しむように目をうるませて日々を送っていた。事務所で中里と語る際にも、もはやむき出しの大阪弁は使わず、無遠慮な笑い声も立てなくなった。

いま青木と視線があっても、水谷は会釈もせず、じっと青木を凝視していた。受賞して東京に同行する以前なら、大声で、「みんな、園長先生が一緒に見たいんだって。先生は眼がお悪いから、前の方の席をあけたげて」と叫んだはずだった。園長が子供たちと団欒する情景を彼女は見たがり、それを自分の一家の団欒のように喜びたがったものだった。青木の胸ににがい、身勝手な悲哀感がおこる。

なぜ、あの時おれは姿をくらまさなかったのだろう。混雑する駅頭で「帰りたくない」という天啓のような内心の声をききながら、鎖につながれた虜囚のように、案内所前に立っていた水谷久江の方に足をはこんでしまったのは何故だろう。他の行為もありえたはずだった。あの東京駅の地下のパーラーの階段をかけあがったとき、彼がはっきりと意識したあの衝動は真実だった。どうして、十数年ぶりにおとずれた、自己の真実の声に従わなかったのだろう。あのとき兼愛園をはなれておれば、水谷は歎き園児は心配しても、兼愛園の秩序そのものは破壊せずにすんだ。たとえ彼の失踪によって兼愛園の経営が行きづまったとしても、その行きづまりそのものは無罪でありえただろう。

テレビは感傷的な音楽を流しはじめ、聴視者の批判力を睡らせようとしていた。見ると、〈子供たちの英雄〉は警官隊に包囲され、ドラム罐の背後から、ことさらに顔を歪めて立ちあがった。大捕物の真近に女医や子供たちがいるなどということ自体が滑稽だったが、その不自然さを無視して英雄は白バイの放つヘッドライトの交錯する広場までゆっくりと歩いてゆき、警官隊と向いあう。そして熟達の早射ちの腕をもちながら、わざと不様《ぶざま》にピストルを地面におとし、助けてくれ！　と惨めったらしく叫びながら警官隊の乱射をあび、泥の中に首をつっ込んで息たえる。

立ち去ろうとした青木は、その時厭な感じがした。物語の通俗性に苛立ったのでもなく、六つは選べるチャンネルの中から、こんなものを選んで子供たちに見せている水谷久江に対する教育者としての怒りでもない。そうではなくて、今まで、子供たちの頭の向うに、本来の視線の遠近法が示すだけの大きさで、オルガンの上に光っていた画面が、画面の中の〈偶像〉が隕《お》ちる瞬間、彼の視界のすべてになっていたことを自覚したからだった。そしてそれは、ごまかしようもなく彼がこの通俗的なドラマに胸をつかれたことを意味していた。見せしめの人生。という言葉が彼の脳裡に浮かんでいた。生きながらのさらし首。それにしても、一人の極悪非道の者がその悪を隠蔽する立場から、みずからを生き身の晒し者にしようと決意するとき、なぜ感動をうむのか。

プロの棋士たちは、たとえその勝負が負けであることを読みとっても、一応、一手争いの〈型〉にまで持ちこんでおいてから駒を投ずるという。それはつまらない見栄のようなものだが、青木にはその気持が解るような気がしていた。彼の満洲での敗走は〈様〉になっていなかった。ラーゲルの捕虜収容所生活を入れて二十年、彼が戦後を生きつづけたのは、幻の国の建設に青春を捧げ、王道楽土の理念を信じた者にふさわしい崩壊の形式、死のかたちを探しもとめていたからだったかもしれなかった。人は形式を、実質に自信を失った者のすがりつく藁として軽蔑する。しかしどんな宗教も道徳も、戒律や礼儀作法の形式なくしては意味をもたない。善意にも愛情にも形式が必要なのだ。善意で人をぶん殴り、愛情を示すために人の首をしめあげてはならない。そして、おそらくは、破滅や死にも、自他ともに、それが完膚なき破滅であると確認される形式が必要なのだ。

彼を凝視していた影がゆっくりと動き、青木の真近で立ちどまって、戸口わきのスイッチを入れた。部屋が不意に明るくなって、子供たちは一斉に青木の方を振返った。腕をのばしてスイッチをひねった水谷久江の腋から、禁じてあるはずの香水の香りが漂い、そして一瞬、子供たちの目の前で水谷は妖婦のように青木に笑いかけた。目を伏せて廊下を歩みはじめた青木は、自分の背に向けて、小声で、しかし鋭く投げつけられる声を聞いた。

——偽善者！　悪魔！

と。

二

「青木先生！　ちょっとお話したいことがあるんですが」

翌朝、事務所に青木の姿を認めると、中里徳雄は椅子を軋ませて立ちあがり、性急な口調で言った。一重瞼の深く切れた目の光と硬直した彼の態度とが、青木にその話の内容を直観させた。いつかは分ることだったのだ。他の職員は気付かなくとも、敏感な中里が、受賞式後の東京滞在中に、園長と秘書との間に何かあったことに気付くのは、時間の問題だった。

瓦作りや農耕など、他の仕事も手伝いはするが、狭い事務所に二人いる時間の長い中里と水谷との間には、共通の仕事に従事する同志として以上の淡いある感情の流れていることを青木は早くから気付いていた。ただ、水谷久江の方が十歳も年上であり、中里徳雄の抑制のきく個性もあって、二人の関係は好意以上には進んでいないようだったが、しかし、それが精神的関係であればこそ、水谷の変化に中里が気付かぬ訳はなかった。肉体の汚れはシャワーで洗えても、心の動揺は、好意を懐く人の目には隠せない。中里の襟のふけを姉のように何気なくはらってやる水谷久江の動作は〈過失〉の前も後も変らなかったが、つけてはならぬ香水の香りは、その度に中里の鼻をおおったはずだった。そして、その香水の匂の痛ましさに気付けば、中里の若い正義感が、青木に直線的に向ってくることも自明のことだった。

　かつて青年時代の青木が、青年の野望をそそる最大の対象である国家の幻影にとり憑かれ、対立者のどんな些細な落度をも容赦なく糾弾しようとしたように、階級意識を一切の上下関係に拡大し、どんな些細な上のものの欠陥をも絶対に許さない中里が、組織存続のために青木の不品行を伏せるはずはなかった。彼はウエイトレスの不品行を黙って見ているバーテンのような男ではない。彼にも、一切の現実をそれに引きかえてもよい〈観念〉があり、その観念に照らして許しえない不正を、相手が誰であれ弾劾しうる勇気をも持っていた。

「何かね」先に立って事務所を出、二人だけの話の場をもとうとする中里に向けて、青木は言った。「水谷君がそばにいては具合の悪いような話かね」

　タカをくくっていたわけではなかった。いやむしろ、抜歯のあとの麻酔剤が切れ、歯茎がぎりぎりと痛みだすのを、恐れながらもいまかいまかと待っているような感情で、青木は中里から非難されるのを待っていたのだ。

　しかし、どう取りつくろうかは考えていなかった。事実はでっちあげるよりも伏せる方が易しく、嘘よりも沈黙の方が容易である。そしてでっちあげても伏せても、事実はいずれあばかれるものだが、だが、〈権威〉が崩れない限り、その権威にとって不都合な事実はあばかれることはない。悪事や陰謀があばかれることによって、権威や権力が崩れるのではない。権威や権力が他の力に打ち倒されたり、自己崩壊したりすることによって、事実があかるみに出るのだ。満洲事変の発端となった柳条溝の爆破事件も、列強の目を満洲からそらすための上海における日蓮宗僧侶の殺害、そして上海事変への拡大も、真相が国民の目にさらされたのは、すべて軍部の威力が崩壊してのちのことだった。いやことは満洲だけとは限らない。ナチの国会焼打ちやユダヤ人虐殺がドイツ国民に知れ渡ったのもナチの崩壊後であり、スターリン体制の罪科がフルシチョフによって指弾されたのも、スターリンが死んでからのことだった。一切の政治、一切の歴史は、このようにして進展し、このように書かれてきた。そして、原子内部の電子の運動も、太陽系の衛星の運動も、同じ法則に従うように、巨大な権力の法則は小さな権威の法則にもあてはまる。それゆえに、青木にとっては、何を、どのように、どの程度まで、あばかれるかは問題ではなかった。あばかれること自体、そして何時、審判の鉄槌が自分の頭上にふりおろされるか、そのこと自体を、期待と恐怖で待っていたのだ。その時が、青木が十八年かかって築きあげてきた組織の長の座から滑りおちる時であり、自発的隠退ではなく、詰腹を切らされる時だった。その時期は予想より早かったとしても、いずれ人は死ぬべきであるように、いずれは彼も兼愛園の園長をやめねばならなかったのだ。

「ここでお話してよろしいんですか」念をおすように中里は言った。

「兼愛園の経営には、誰かにきかれて困るようなことは何一つとしてない」

どうしてだろう。いま内部の荒廃が外に露呈しようとするとき、青木は意気沮喪せず、かえって昂然としていた。滅びにもまた滅びの昂揚感というものがあるのだろうか。

水谷久江は表情を強張らせて窓際に立っていた。顔全体が蒼ざめながら、妙に頬と唇の赤いのは、その時、彼女が慣れない化粧をしていたからだろう。梧桐の樹の影が窓にうつり、そしてその葉が散るのを、青木は見た。

「妙なうわさを耳にしました」中里は重味のある声で言った。「先生が個人的に兼愛協会の公金を流用しているというんです。そんな馬鹿なことのあり得ないことは、私も事務をあずかっている人間である以上、よく解っておりますが、ほかにもある変な噂と考えあわせてみますと、われわれ兼愛園の活動が高く評価されたことを、誰か嫉んでいる者がいると考えられます」

「それで……」

「ここまで公的に認められた団体を今さら心理的に攪乱し弾圧しようとする勢力があろうとは考えられませんが、官庁の補助金にせよ、新聞社の奨励金にせよ、他にも欲しがっていた団体はあるわけでしょうから、変な誹謗のおこる余地のないように、経営を総ガラス張りにしておくのがいいと思います。具体的には、今回の賞金をできるだけ早く、兼愛園名義の口座にふり込んでいただき、すでに購入をはじめております施設転換のための物品の支払いにもあて、その使途を新聞社にも税務署にも公開しておくのがいいと思うんです」

「君は誰か外部の者が嫉んでいるようなことを言ったが、話の内容から考えて、誰か内部の者がぶつぶつ言っていると考えざるを得ないね。誰だね、そんなことを言っているのは」

「それを追及するよりも、妙な風評や疑惑の起りえないようにすることの方が現実的だと思うんです。公衆便所の落書きを、人をやとって消しに廻らせるより、最初から落書きできないように壁をタイル張りにしておくことの方が賢明なように」

厭な比喩だった。

「賞金は、私がしばらくあずかっておく。それをとやかくいうことなど、私は許さん」

理不尽に青木は怒った。

彼の人間関係に対するイメージは古風だった。とりわけ戦後、彼は観念よりも人間そのものを信じようとしてきた。高邁な理想や、同一利益の追究よりも、まず共に生活し同じ釜の飯を食う場を作ることを彼は先行させた。人間は存在それ自体としては獅子よりも羊に、単独でいるオランウータンよりも群れるゴリラに近く、その人間の性質を無視してはいかなる理想も実現しないと考えていたからだ。毎日顔を合わせ、手をのばせば仲間にふれることができるということ、それが生甲斐の基礎なのだ。

そして彼はいま、何匹かの雌猿を支配するボス・ゴリラが、自分の位置をおびやかそうとする若いゴリラに牙をむくように、中里に対して怒っていた。

「いま、変な噂がほかにもあるといったのは何だ」

「こんなことは言いたくないことですが、先生が保母の時実さんと温泉マークに入るのを見たという者がいるんです。時実さんは先日、突然、郷里へ帰るといって兼愛園をやめられました。人にはそれぞれ都合があることだし、日頃も、兼愛園に勤めるようになった理由や前歴は穿鑿《せんさく》しないというのが先生の方針でした。そのことは僕も賛成です。就職の動機だけではなく、やめてゆくさいの理由についても――。だから時実さんがどういう都合で不意にやめられたとしても、私たちはその理由は穿鑿せず、拍手して送り出すべきです。しかしながら……」

「そんな噂をまき散らしているのは誰かね。ここへつれてこい！」

平等の仮面はやぶれた。仕事の上での職階はもうけても、食事も入浴も、収入も娯楽も平等に享受してきた平等の仮面を彼みずからがはがした。

「ここへつれてこい！」

中里は本当につれてくるつもりらしく事務所から出て行った。その聳かされた肩は、彼が園長よりも、その噂の主を信じていることをはっきりと示していた。

事務室には、青木と水谷が残され、白々しい雰囲気の中で、青木は船酔いのときのような嘔吐感を覚えていた。体がふわっと宙に浮き、そして血がさっと頭からひいてゆく。誰かが泣いていた。誰かが身も世もあらず歎く泣き声がしていた。

講堂の方からは子供たちの合唱する妙にのんびりした歌声が聞えてくる。エスペラントを教えようか、日本語を教えようかと最初は悩み、しかし結局は日本語を教えることにした混血児の、声だけでは混血児のものとも思えない日本の歌が——。

夕空晴れて　秋風吹き
月影落ちて　鈴虫鳴く
思えば遠し　故郷の空
…………

「創立記念日の日、奥様の御容態が変化して時実さんが病院に残られ、先生も晩餐会が終ってからすぐまた病院へひきかえされました。夜おそくまで待ってもお帰りにならなかったので、心配して私は病院へ電話してみました。でも病院には先生も時実さんもいらっしゃいませんでした。奥様の御容態にも別に変化はないということでした。先生は今まで嘘をついたりはなさらなかった。私とのことは、私が辛抱すればすむんです。ですけれど……一体何があったんですの。一体どうなすったんです？　私にだけは隠さないで、言って下さい。東京から帰ってから、先生が暗い暗い顔をしてられるのを、私ははじめ、私とのことのためだと思ってました。だから、私は何もなかったことにして、先生が落ち着かれるのを待っていました。いいえ、いずれ先生が何かを決心して下さるものと思って待っていたんです。それなのに、こんな……」

遠い過去からの呼びかけのように、涙声が青木の耳をうつ。だが青木はそれに答えようとせず、長い間の苦行、ひたすらに解脱を念じた坐禅の末に、迫ってくる淫乱の幻影を見る僧のように、女の肉の幻を見ていた。堕落であるゆえに甘美な、愛のない交りであるゆえに、より刺戟的な白昼の夢。それにしても、何事もなかったことにしようと決意していたのなら、なぜ水谷久江は、その貧弱な肉体に香水をふりかけ、その魅力のない唇に紅を塗るのか。

やがて食堂の炊事や園内の掃除を受けもつ葉山としが、はや顔を蒼白にして、中里徳雄につれられてきた。教課主任の藤沢保武が心配顔でつれ立っている。いや、藤沢も中里がよんで伴ってきたのかもしれない。

「一昨日、僕に言ってくれたことを、もう一度ここで繰り返してくれませんか」中里が葉山としに言った。

「あんたは、もうここで働く気はないんだね」青木隆造は言った。「兼愛園のことでなにか不満があるのなら、なぜ園長である私のところへ直接言いにこないのかね」

葉山としは四十九歳。兼愛園にあずけていた彼女の子供は死に、彼女自身も駐留軍兵士に棄てられて彼女は青木に救いを求めたのだった。根が真面目であり、またもはや転落しようもない年齢であったゆえに、青木は雑役の職を与え、そして中里が職員組合を作ったとき、正式の兼愛園の職員となった。

「一週間ほど前、港の市場まで魚を買いに行って、何かを見たと言っていたね。その事をここでもう一度繰返してくれませんか。もしそれが錯覚だったのなら、園長に私から謝ってあげ、私が責任をとるから」

「わたし一人じゃなかったんです。コリーも一緒にいたんです」葉山としは蒼白になって震えていた。

「それなら、コリーも呼んでこい！」と青木は言った。

三

青木に立ちなおる機会がまったく残されていなかったわけではなかった。余生を港町の丘陵の一画にうずめ、混血児に奉仕することを覚悟した生活から、不意に脚光をあび、足が虚空に浮くような感じがした時、人間の厭な部分、未修養の部分が露呈したのはある程度やむをえなかった。奉仕と偽善は紙一重であり、確信と狂信も、自負と傲慢も、ほんのわずかの差にすぎない。ちょっとした気の弛み、酒の酔いや旅の解放感に、あやまちを犯したとしても、そのあやまちはまったく償えないわけではない。いや、同じホテルに宿泊し、夜更けの時間を伴にして、一人の男が一人の女性を抱いたとしても、それは礼節にはもとるとはいえ、そのこと自体が、人間性の自然からまったくはずれた行為というわけではない。それはあり得ることであり、またあり勝ちなことである。また事情がそれを愛にまで育てることを許さないのなら、一回限りのこととして忘れるように努力することも出来る。だが青木は、それを忘れえぬうちに、同じ行為を、別の女性に向けて繰返した。それはその行為自体として弁明の余地のない悪であった。しかしながら、そこでもなお、彼に償いの方法はあり、最低限、人間としての道はあった。たとえば、適当な冷却時間をおき、青木は隠退して事業を水谷久江に譲り、さらに法律上の手続きもととのえて時実正子と結婚することもできた。その豊満な肉付きにもかかわらず、最初の不幸な性の経験のために、冷感症の生涯を送らねばならぬかもしれぬ女性に、あるいは生きることの罪と喜びを教えうる、最も適当な人間で青木はありえたかもしれないのだ。愛情とは言えぬまでも、時実には青木への感謝と敬意の感情が残っており、共同生活を通じて、青木の方にも、彼女の人柄、彼女の悲しみに対する理解もある。最初の関係のもち方の不純さも、中老の者の包み込むような気配りによって、多少は、浄化することもできるだろう。もし保障された生活と辛抱強い感情教育によって、彼女の肉体に本来の女性が蘇生すれば罪はやがて罪であるゆえの幸福とならぬとも限らないのだから。

だが、青木が罪もない葉山としと教え子のコリーをやにわに殴りつけた時、彼の立ちなおる機会はなくなった。十八年間、人に手を出すことはおろか、罵声一つあびせたことのなかった青木は、抵抗する気もないコリーを殴りたおし、そして葉山としに即時解雇を命じた。怒って自制心を失ってではなく、醒めた、冷えきった悲哀の感情でもって。

「その解雇は不当です」中里徳雄は青木の両腕を背後からはがい締めにして言った。柔道の心得のある青木にも、その腕はふりほどけなかった。若い、強い力だった。

「兼愛園には職員組合のあるのをお忘れになりましたか。何人《なんぴと》も正当な理由なく解雇されることはないと労働法が謳っていることをお忘れになりましたか」

「わたしの思い違いでした。根も葉もないことを言って勘忍して下さい」部屋の隅に小さく蹲って葉山としが震えながら哀願した。コリーは水谷久江に頭を抱きかかえられながら泣きじゃくっている。外人の子供なら、きっとなって相手を見すえるかもしれない。だが顔立ちは整い、瞳は青く鼻筋は通っていても、コリーの反応は、青木の養子にふさわしく日本的で古風だった。コリーは親には逆わず、養父の横暴に顔を伏せて耐えていた。

「今の行為は園長がいけません」正義派の藤沢保武が頰を紅潮させて、後から中里にはがい締めにされている青木の前に立って言った。殴られる心配がなくなってから、自己の存在を示そうとしてのこのこと登場してくる正義派が何の役に立つか。

「放せ」と青木は中里に命令した。

——この極悪非道の私を殴打せよ。この残酷無道の私を撲殺せよ。正義が正義であるためには力が加わらねばならぬ。不殺生の仏法を守るためにも、謗法する闡提《せんだい》は殺さねばならないように。もし君たちに大慈悲があるのなら、今ここで私の存在を抹殺せよ。

だが誰も、彼の頬一つ打たず、中里もまたやがて腕の力を解いた。

「今日限り、私は兼愛園をやめさせて戴きます。いや戴きますではない。やめます」

興奮したときは海軍将校が敬礼するように、こめかみのあたりで手をふるのが、中里徳雄の癖だった。

「私は先生を、いや青木さんを見そこなっていた。あなたが得意気に垂れる訓話は、しばしば反動的で、好意的にみても、外面的な威厳の哲学と寄せあつめの宗教にすぎないと思っていた。しかし、ともかくも、因循にせよ、姑息にせよ、あなたは道徳的な人格だと思っていた。人は道徳的である限りにおいて、革命の側に立つ資格がある。大は階級から、小は個人に到るまで、道徳的な存在には常に自己を主張する権利がある」

青木は中里の瞳を見た。

「あなたは時折、革命という言葉を使われた。だがあなたは、ただ権力の所在の転換とせいぜいがより合理的な統制という意味でしか、革命を理解していない。革命はただ虐げられた人間が自己の復権を図り、疎外されたインテリが権力に近づく次善の道として計画するものではありません。覇道の上に仁政を築き、無智な人民に恩恵を垂れるためのものでもないのです。政治革命も社会革命も、同時に道徳の革命を伴わねば決して成功することはないのです」

中里の言っていることは、理論としてよりも、青木の体験に照らして正しかった。敗戦後一ヵ月、何百里もの距離を、ただ一人、西から東へ、北から南へと逃亡し、そして朝鮮との国境近くで、遂に身分証明書もないままにロシア軍に捕縛されてから、最初は特務機関員かと疑われて囚人生活を送り、そして一般捕虜として抑留生活を送った二年間に、彼は次の時代を担うべきものの姿はどういうものであるかをこの目で見ていた。はじめ関東軍の頑強な抵抗を予想して戦車を先頭に侵入してきたロシアの精鋭部隊の軍規は厳正だったが、つづいて乱入してきた満足な軍服もないコサック兵は、およそ無智で蒙昧で凶暴だった。日本人とみれば強姦し殴打し、時計を奪い万年筆を奪い、カメラやライターを操作の仕方も知らずにぶっつぶした。満洲の悲惨は多くこの過程で生れた。女たちは髪を切り顔に炭を塗っていながらも引きずり出され、わたしはもう年寄りだからと安心していた老婆は輪姦されて自殺した。

満朝国境近くに集結していた軍隊とともに、日本に送りかえすと騙されて列車にとじこめられたはじめ、列車が停車するたびに、各車輛に十人二十人の草鞋ばきのロシア警備兵が乱入し、手あたり次第に日本の兵士たちの毛布や飯盒《はんごう》や雑嚢《ざつのう》を奪ってゆくのを、彼は見た。それは白昼公然のことだった。日本人にとってロシア人が露助であり、連合国が鬼畜米英であったように、ロシア人にとっては、日本人は、戦闘員も軍属も、一般市民もすべて「凶悪なる侵略的ファシスト」だったからだ。そして、高級将校は飛行機で逃げかえり、もはや軍律もなく個人に還元され、忠誠の対象をも失った日本の軍人も、卑屈な微笑を浮べて、奪われるにまかせ、あるいは人が奪われても自分の持物だけは何とか隠そうとした。だが、青木がおしこめられていた車輛の隣りに、まだ二十代半ばの、一人の若い将校が乗っていた。武装解除とは金目のものを奪うことであり、日本刀などには目もくれなかったロシアの雑兵に向けて、その将校だけが昇降口で日本刀をかまえて無統制な掠奪から部下を守っていた。拳銃の引き金一つひけば、敗軍の将校を一人倒すことぐらいはわけはなかっただろう。だがもはや兵士ではなく、強盗にすぎなかったロシアの雑兵は、その気迫におされて、彼の指揮する車輛だけは敬遠したのである。そして列車が満洲からシベリアへと入った時、ロシア側にも若い一人の警備隊少尉がのりこんできた。捕虜護送列車を監督していた大佐が、酒をのんだくれてバーバ（女子軍人）とたわむれ部下の掠奪を放任していた列車が、急に紳士的になり、完全な武装解除が行なわれた代りに、従来掠奪された物品が、ほんの一部分ながらも、捕虜たちの手にかえってきたのである。その少尉が、この列車が収容施設につくまでの唯一の共産党員だった。そして車内にもめごとが起るたびに、日本とソビエトロシアの若い将校が交渉にあたっていた。一方が拳銃や銃剣をふりまわし、「ダバイ・ダバイ（さあ、さあ、それを出せ）」と脅迫し、一方が、「へっへっへ」と笑いながら哀願するようにバンドまで解いて手渡していたみじめな風景はそれ以来消えた。何百人、何千人の烏合《うごう》の衆の中に、たった一人、たった二人の道徳的な人間がいることによって、烏合の衆は、自分たちもまた人間であったことを思い起す。二人の青年将校が、もし流暢に話しあえれば、おそらく尽きることのない激論を交しあっただろう。到底、重なりあうはずのない異質な思想の持主だったからだ。だが不自由な言葉で、しかし通訳を介さずに、必要最少限の必要をみたしあっている時、若い二人の将校の意志は疏通していた。そこには、貴重な、何ものにも還元できない、共通の態度があったからだ。人が敵対し、物資が不足すれば人が泥棒になるのは当然だとは考えない人間の誇り。人の憂いに先立って憂い、自己を銃剣の矢面に立たせても、同じ状況下にある多数の者をかばおうとする精神。そして、何よりも貴重な、汚れのない若さ——。

「政治と道徳とを安易にきりはなして、それが現実的だなどと気取っている人間には、革命など解るはずもなく、それを口にする資格もありはしないのです。民衆は残念ながら決してそのまま道徳的ではありません。私はポピュリストでもなく、大衆万能主義者でもありません。しかし民衆の参加なしには社会の変革はありえず、そして民衆がすでに存在する権威以外の新たな勢力を承認するのは、常にその勢力が、より道徳的である場合だけです。一時の利益よりも、彼らも内心は憧れている持続的な道徳の方を選ぶ知恵をもっているのです。先生は、いや青木さんは満洲浪人だった経験から、中国のことをよく知っているようにおっしゃる。人民公社の組織と、古くからあった村落共同体の関係や、八路軍の構成や、東北三省の工業や農業について、雑多な知識をもっておられる。しかし、あなたは毛沢東の軍隊が、なぜあんなに急速に蔣介石軍を追いはらい、中国大陸全土を支配しえたか、解っていない。中国の革命が政治革命であるだけではなく、道徳革命であったことの、そして道徳革命というものが人間の歴史に対してもつ意味というものを、国境紛争や経済政策の些細な齟齬《そご》にばかり目を向けているあなたには解っていない。いや、革新を呼号する世の中の人々、中ソ論争と平和共存路線の関係いかんなどと騒ぎ立てている知識人にも分っていない。そしてまた、何故、農民が革命の主体でありえたのかも、極左を気取るトロツキストにもわかっていない。農民と労働者が真に連繫しうるのは、共通の利益がある時よりも、共通の道徳がある場合だけです。……そして、あなたは一切の変革、一切の改良、一切の社会的実践を意図する資格をみずから放棄された」

――「私は知っています。上京された時、水谷さんとの間に何があったのか」

「やめて」と水谷久江は言った。

「私はそれほど鈍感じゃない。私は水谷さんに好意をもっていた。何かあったなと直観したとき、嫉妬の感情にくるしめられたことも隠そうとは思いません。しかし、私はその事自体を特に糾弾するつもりはなかった。それは個人のことであり、お二人がお互いに伏せつづけようとされ、そうする方がいいと考えられたのなら、何も私は個人間の秘密をあばきたてたりはしない。すでに成年に達しており、分別もあれば自分で自分の行為に責任もとれる二人の男女が、何かの用件でともに旅行する。その旅先で、一つの旅館に、あるいは一つの部屋に宿泊して互いにあい擁したとしても、それはまだ罪悪ではない。また、その関係を正式に育てることができない状態にあっても、それは不運であって、罪悪ではない。私は子供ではありません。この世の中には、いろんな矛盾があり、人間の心の中にも、精神の盲腸や尾骶骨にあたる部分が、進化しそこねて残っていることも知っております。とりわけ先生は奥さんを長く病院に出されたままの生活だった。情状酌量の余地は充分あるし、また同じ理由から、水谷さんとの関係を公然化できないことも解ります。だが、せめて、私の嫉妬が燃えつづけるように、水谷さんをおもいやり、その思いやりを言動にあらわしてあげて欲しかった。それは、ほんの小さな気配り、言葉の節々のニュアンスだけでもあらわせるはずだった。しかし先生は、選ぶべきさまざまの段階のある、どれ一つをも選ばずに、事を隠蔽し、しかもその隠蔽の上に立って、女子職員に次々と手を出すという、もっとも愚劣な悪を犯した。欲望のためにではなく、隠蔽のために。おそらく、何かの拍子にあなたは時実さんに秘密を嗅ぎつけられた。そして、あなたはその時実さんをおかし、時実さんを兼愛園から遠ざけるために解雇したのだ……」

違う、違うと青木は思った。彼に〈秘密〉のあることは事実であり、その秘密に、水谷や時実が意識せずに触れ、そして彼が突如別人のように豹変して二人を辱かしめたことは事実だが、その秘密というのは、単なる男女のことではない。いや、すべては昨日今日のことではないのだ。

「あなたは、さっき葉山さんに、何故、園長に直接文句を言わないのかとせめられた。しかし、もしそうしていたら、何かの口実をもうけて葉山さんを外につれだし、水谷さんや時実さんに対してそうしたように、葉山さんの貞操を踏みにじり、無理やりに共犯者にしたてて秘密を守ろうとしただろう。あなたは一体何者なんだ。脳梅にでもやられているのか？　それとも二百万円の金を投じて兼愛園を、多数の女性に対する兼愛のハレムにでも改組したいのか？　ともかくも、私はやめます。あなたのような不潔な人非人と顔をあわしているのは不愉快だ。私は、就職の道を閉ざされて、あなたのような人間のもとで働き自分をごまかそうとしてきた自分自身が恥かしい」

「君が、常に、何かきっかけがあれば、こんな馬鹿げた、うだつのあがらない仕事から手をひきたいと思っていた下心を、この機会に託してやめて行こうとするのでないのなら、やめてくれていい」

「失礼な！　解ったような口をきくな」

「だが、私が君なら、園長排斥運動を起すね。そうじゃないかね。君は学生運動の経験者だろう。近ごろの学生運動は、授業料の値上げ反対や校長の排斥運動などよりも、もっと手広く、国家の外交方針や階級抑圧に対する反抗であるにしても、それならばこそ、余計に、小さな兼愛園の園長排斥運動を組織することぐらい、わけはないのではないのかね。君が本当に、この兼愛園の将来を思っているのなら、なぜ私を追い出そうとしないんだ」

青木は居直って声をあらだてた。だがその居直って「私を追い出せ」と叫んだ言葉には偽りのない彼の希願が籠められていたのだが、それは中里にも水谷にも通じなかった。

四

青木はかつて奉天にいたころ、妻の妊娠中、一人の未成年の中国人娼妓を愛したことがあった。ごみごみした満人街の、古い土壁の娼家――入口にドンゴロスのようなカーテンが吊され、牢獄のように小さく部屋の区切られただけの何の飾りもない部屋のオンドルの上で、まだ十三四歳にすぎない娼婦を彼は毎週抱いたのだ。天井板のつぎ目にはおびただしい南京虫がひそんでいて、彼が少女を抱いている間に、外にはい出した南京虫がぱらぱらと彼の背中におちてきた。南京虫は人間の肌の匂をかぎわけるのだろうか。抵抗力のできているはずの皮膚も、一時間ほどのちに彼が帰るころにはあちこちが真赤にはれあがっていたものだ。少女は何の反応も示さなかった。ただあどけなく仰向けになり、彼の持ってきた菓子を美味そうに食べ、そして彼の肉体の蠢動がおさまると、「完了麼《ワンラマ》」と小声で言って、また菓子を頬張るのだった。若い青木は何に憑かれていたのだったろう。日本人芸者も旅館や料亭にはおり、不見転《みずてん》芸者もカフェーの女給も日本人街にはいた。だが彼は、日頃の飲み仲間である新聞記者や満鉄職員や軍人にも、そのことはひたかくしに隠してその娼家へ通ったのだ。その少女が女性として反応を示すようになる日を、あたかも天啓の日のように待望しながら。だが本庄軍司令官が武藤軍司令官にかわり、石原莞爾参謀や岸井忠臣参謀などが次々と更迭され、やがて彼も小池二郎とともに開拓団の指導に北満におもむくことによって、関係は絶たれた。遂に少女が、一瞬の忘我に、彼を抱きしめかえすことを経験しえないままに——。

彼には自分の衝動と自分の行為の意味がわかっていなかった。彼の行為と観念が矛盾しているというわずかに胸をさす痛み以外には、彼にはまだ自分が解っていなかったのだ。いや今も彼には解っていない。しかし恥多く罪多い前半生の中で、明晰な計算に基づかぬその行為だけが、心の痛みなく思いおこしうる唯一の情景だった。もし神なるものが存在し、天空の一点から地上を悲しげに見おろしているとして、何故か、それだけは〈無罪〉だと判定されそうな気がしていた。

「アパートの生活にも慣れたかね」

青木の問いかけには答えずに、時実正子は敷き放しの蒲団を部屋の隅におしやり、食卓の上に酒の用意をととのえた。十余年間、派手な装飾の一切と絶縁して過してきた時実正子は、いま狭いアパートの一室をやたらに飾っていた。カーテンはブルーの羅紗、絨毯は淡い葡萄《ぶどう》色、デコラの食卓は茶色く、食器をおおう布巾にも縁に刺繍の飾りがあった。カレンダーを吊した釘には、小さな、十日戎《えびす》の土産のようなお多福面がかけられ、旅行をしたわけではなく駅の名品店で買い集めてきたのだろう、各地のこけし人形、会津の虎、善通寺の牛、二見ケ浦の岩型や貝殻細工などがガラスのケース一ぱいに詰まっている。部屋の調度の色彩には調和はなく、人形も雑然としていた。青木はこみあげてくる憐愍の情から目をそらすようにして、窓の外を見、そして黙って酒を飲んだ。……私はこの女を滅ぼした。この女の規律を奪い、目標を奪い、希望を奪い、そして、この娼婦のような部屋をあたえた。

青木は、わずかの時間に複雑に変色してゆく夕焼けの空を見あげながら、その時、不意に気付いたのだった。何故、手塩にかけてきた女弟子たちの自分への崇敬をふみにじりたい気持にかられたのか。何故、混血児を嫌悪する自分の内面にはっきりと気付きながら兼愛園に眷恋《けんれん》するのか。兼愛園の改組と園長の隠退をしきりに口にしながら、自分の悪をあばかれてもなお、残っていた最後の力でもって〈事実〉をおしつぶしたのか。それは、兼愛園を自分が滅びるよりも先につぶしてしまいたいからだった。水谷に譲るよりも、さらには中里に奪われるよりは、兼愛園を無にしたいと彼は思っていたのだ。惜しまれるよりは憎悪され、尊敬されるよりは呪詛《じゆそ》される破壊者になりたがっていたのだ。昔、明末の流賊の張献忠は、同じ叛乱軍の李自成に帝位を奪われたとき、もはや帝位につく望みのない以上は、人民を殺し尽して李自成の帝位を無意味たらしめようと決意したという。かくして、武器の未発達な明末にして、ナチのユダヤ人虐殺をはるかに上まわる、厖大な無辜の民の殺戮が行なわれ、四川や貴州などの諸省は、屍だけが累々として、生き身の人の影はなく、ほとんど空っぽになってしまったという。あの張献忠こそが、政治的人間の最も恐ろしい極限であり、そして、陰謀や建策はことごとく破綻しながらも青春を政治的人間として生きてきた青木もまた、政治的人間として滅びたがっていたのだ。わずか十九人の職員と、百余人の混血児の〈支配者〉にすぎぬ彼の精神の中に、滅びるならば国もろともという意識がなおも生きていた。そしてその悪魔的な心の動きに気付いたとき、彼が覚えた感慨は、身ぶるいするような自己嫌悪ではなく、落陽の無限の美しさにみとれるような、ほとんど感傷的な悲哀感だった。

支配者は、常に、政権の交替による自己の無力化よりも、巨大な無理心中による自殺を望む。かつては彼は国家の崩壊とともに無理心中させられかけ、二年間を、極寒のシベリアの捕虜収容所で生活した。シベリアの森林資源開発のための奴隷生活。最初、特務機関員かと疑われてチタの監獄に入れられていた時の方が、まだしもましだった。なぜなら、横領罪で彼の独房に放りこまれてきたロシア人も、労働者同士の酒の上の殴りあいで相手の頭をかち割ったという熊男も、そしてまた青木自身も、罪人だったけれども、まだ人間だった。それに元来、ロシアの辺境地帯はロマノフ王朝時代いらい、流刑の政治犯によって原野がきりひらかれ、町が築かれた。犯罪人もまた人間であるという伝統的な認識とあつかいがあった。だが人違いであることが分って、ラーゲルの一般俘虜収容所に移されてからは、彼は人間ではなくなった。収容所長が点数をかせぐためにおしつける苛酷なノルマに使役される奴隷であり、ものをいう機械にすぎなくなった。監獄から俘虜収容所に移された時、ひどく痩せている者の多いのに彼は驚いたものだったが、それが罪人と捕虜との差を象徴的に物語っていた。彼は昔読んだ、トーマス・モアの「ユートピア」の一節を思い起したものだった。ユートピアにも奴隷はいるのだが、奴隷はユートピア国の罪人によって構成されるのではなく、敗戦した他国の捕虜によって構成されていたことを。捕虜たちは、仕事の達成量によって班別にわけられ露骨な競争を強いられる。ノルマを達成できねば食糧や煙草の配給量をへらされ、そして一層体力を消耗し、それゆえにまた、ろくに働けない悪循環にはまり込む。一収容所に配分される食糧の絶対量が決っている以上、若い健康な班や民主主義班が特配を受けるということは、老弱者や傷病者の食いしろがそれだけ削られることを意味する。ローマの円形劇場で、戈をふるいあって皇帝や観客をたのしませた奴隷剣士のように、俘虜たちは互いに争いあった。自分が生きのびるためには、同胞を獅子の吼える奈落につきおとさねばならない。犯罪人は互いをかばい合うが、捕虜は互いを誹謗しあうのだ。

その恐ろしさを忘れようとして十八年。しかし結局、青木は胸中の曠野のイメージからのがれられなかった。一たび皮膚に彫った入墨が、色あせることはあっても生涯消えないように、膏肓《こうこう》にまで入った病菌はどんな静脈注射によっても癒えないように、彼は一たん身につけた政治的思弁、烙印された政治的体験からは逃れられなかったのだ。

ああ、とうめくように青木は思った。政治的であること、政治的に思弁するということは、それ自体が悪なのだ。何故なら、政治とはその本質において陰謀であり、そして対立する敵に敗れぬように対策をたてるためには、常に相手が為すであろう最悪の行為を予想して対処せねばならぬ。政治的明断、政治的慎重さとはそういうことだ。それ故に、政治的人間が有能であるためには、常に人間性のもっとも悪しき部分に注目しつづける訓練を積まねばならぬ。しかも人間は、ひっきょう、人がかく為すであろうことの判断は、自分がその同じ状況に置かれた場合を想像し、自分ならばどうするかと思量してなすものである。だとすれば、政治的人間は、ひたすらに自己の悪しき可能性をのばし、自己の獣性をイメージとして思い浮べつづける人間であることを意味する。こうした人間に、どんなヒューマニズムがありえようか。

歴史を動かして来たのは、常にこうした悪人たちだが、青年たちよ――青木は口に酒をふくんだまま、眼前にはいぬ中里徳雄に語りかけた。——中里よ、青年たちよ、たとえ欺されて死んでも、この世には何か素晴しい宝があり、自分はただそれに触れる機会がないままに死ぬのだと思えるうちに死ぬ方が幸せだとは思わないか。毒ガスにおかされた肺のように、心までもぼろぼろになり、如何に夢想しようにも一片の美も思い浮ばず、革命の中にも、どの流派が権力を牛耳るか、誰が出世し誰が左遷されるかとのみ思い惑うような人間になってからでは、もはや死んでもその霊に平安はない。歴史が無辜の死によってなるものなら、それは如何に傷《いた》ましかろうと、まだしも美と清浄の夢想だけでも、この地上には残る。青年たちよ。せめてその精神がけがれ切らぬうちに、死ね。

木造アパートの、にぎやかに軋む階段を駆けのぼる足音がし、六室向いあわせになった廊下を一たん奥までつき進み、そして靴音がドアの前でとまった。青木が特徴のあるその靴音に、あることを直観し、時実正子がかけ忘れていたドアの鍵に手をのばすよりはやく、ドアがさっとあけられた。まなじりを決した水谷久江が襲いかかるように普段着のまま闖入《ちんにゅう》してきた。それはまさに闖入という言葉にふさわしかった。あっと思ったとき、水谷は食卓のそばに立っており、青木が口を寄せていた盃をはじき飛ばした。その瞬間、どんな弁明の余地もなく、すべては終ったと青木は観念した。

だが水谷久江は、小さな体に異様な力をこめて青木の腕をとり、「帰りましょう、先生」と哀願するように言った。

「ここにいらっしゃるのは、先生の意志よ」時実正子が、中腰になった青木の体を抑えつけるようにとりすがった。

ことの成りゆきは意外だった。ひそかに跡をつけて来たのだろう水谷久江に、彼の醜行の現場を発見されたとき、三人はばらばらな、何の関係もない存在に還元されるはずだった。軽蔑しあい、白眼視しあったまま、諍《いさか》いもなく挨拶もなく、三人は顔をそむけあい、そして一人去り、二人去って、完成されるのは青木の堕落と孤独だけのはずだった。だが意外に水谷は、青木のもはや回復させようのない腐敗を知りながら、なおも彼を兼愛園につれもどそうとし、時実正子は関係の実りのなさを知りながら青木をひきとめようとした。彼の眼前に、一瞬の妖しい火花が散った。

むやみに声を荒だてない知性はありながら、二人の女性は両方から彼の体をひっぱっていた。白髪の、異相をした、特別な魅力もない五十二歳の中老の男。過去の悲惨な思い出以外に何の心の宝も持っていない男。しかも二人とも強姦に近いかたちでその肉を奪われておりながら、何故、女性の名において、ともに彼をさげすまないのか。

外見には水谷よりふくよかな時実正子の方が力は弱く、ずるずると青木の体が扉の方へひきずられていった。力足らず、和服で自由のきかない時実正子は、青木の方に折り崩れ、そして不意に青木の首を抱きかかえて接吻した。愛情からではなく、見せつけるための、女の悲しい対抗意識から出た抱擁。しかし唇はいつにも増して温く濡れていた。水谷久江が、時実正子の髪をひっぱって畳の上にねじふせた。食卓の上のガラス製の銚子が倒れ、酒がデコラの食卓から畳にしたたるのを青木は見た。彼はこぼれた酒へ吸い寄せられるように、倒れた銚子の方にのろのろと手をのばした。彼は直観していた。……おれは、とうとう獣の道に堕ちる、と。電灯がゆらゆらと揺れ、調度の影が、壁の上に激しく交錯する。低いうめき声を発して、とっ組み合いをしている二人の女を見おろしつつ、彼の頭脳は思考力を失い、そして……

かつて、兼愛園の近くの接収されて安っぽいペンキを塗りたくられた高級住宅に、アメリカ軍の高級将校たちが、自分たちの人数の三倍もの女をつれ込んで夜ごと乱痴気騒ぎをしていたのを、お前はどんな思いで見ていたのだったか？　征服者が征服者なるゆえの沈倫を、敗者の敗走のさなかのエゴイズムよりも惨めなものとして、お前は憐れんでいたのではなかったか。自分にすら、まだ憐れまれる者がいるという、自己満足と血の騒ぐ怒りとで……。にもかかわらずお前は、いま安いアパートの一室の鍵を閉ざすことを考え、天も地も許さない乱痴気騒ぎを渇望している。

彼は知っていた。人間というものは知られることがなければ、どんな醜悪なことでも出来るものだということを。いやたとえ知られても、知る人々を、崇高な魂をもつ人間存在として認めていなければ、何でも出来るのだということを。一度に二人の女をねじふせることも、人を穢し人を殺し、人の誇りや感情の繊細を一瞬にして、踏みつぶすことも。彼は嗚咽するような声をあげて、二人の女におどりかかった。

五

雑木林の中から、月明りに浮ぶ兼愛園の建物と農園とが見えた。農場のほとんどは収穫のあとの黒い地肌だけ。段々畑の部分にだけ白菜や大根の葉が、白っぽく揺れている。

彼は盗人のように兼愛園の寝静まるのを待っていた。高台の夜の風は冷たかった。雑木林の落葉が窪地に吹き寄せられ、すでに枯枝となった落葉樹の梢が触れあって、ちりちりと音を立てる。今までも眠られぬ夜の散歩にこの雑木林を歩み、無理な修道僧的生活にほてる頬を夜風にさらしたことはあったが、兼愛園の柵の外に盗人のように蹲るのははじめてだった。自分が作った柵でありながら、建物の中に人の起きている限り、今の彼にはその柵を越えることはできなかった。

土地が柵で区切られる時、私有がはじまり、争いがはじまり、支配がはじまる。誰の著述で読んだ言葉だったか。青木はひとり苦笑しながら、かつて竹藪を切りひらき、雑木を斧で一本一本切り倒して畑を広げて行った労作を思った。この土地も最初は、幼い混血児を養うために彼自身が開拓し開墾したのだ。土地への愛着は、その土地をきり拓いた者だけが知っている。かつて満洲の曠野に内地から送り込まれてきた開拓民は、多くは適格者ではなかった。内地で食いつめても、新しい土地へ移住すれば、国家の扶助で土地を与えられさえすれば何とかなるだろうといった気持の者が多かったからだ。開拓村の歴史の多くは失敗だった。第一、中国側が日本の土地・家屋商租権に対する禁止令を次々と出し、日本移民に対する土地の貸与や売買を〈国土盗売〉として処罰したから、ろくな土地は開拓民にはあたらなかったのだ。春に三十家族が移民しても、冬には二十家族になり、一年後には十家族にへっているのが常だった。しかし新興宗教のひきいる武装移民団や、少年義勇開拓団は、ともかくも荒野に定着し、開拓し開墾した。そして、一年二年三年と、土が慣れ作物も稔りはじめるころ、人々は土地への愛着を覚えた。高粱の穂一つも南京豆の莢《さや》一つも、自分の汗と自分たちの工夫の結晶であれば、山海の珍味よりもなお尊い。だがやはり、土地はその土地を耕した者の土地ではなかった。土地はその版図に君臨する支配者のものであり、ピラミッドの頂点が入れかわれば、耕作する者も入れかわらねばならない。

青木は遠い幻影を追いながら、棒切れで地面をわけもなく掻きまわした。

その時、身近で人の気配がした。それはちょうど、十数年前、時実正子がひきちぎられた服の前を無駄にあわせながらさまよっていたあたりだった。青木はぎょっとし、しかし、自分が夢を見ているのだろうと自分を抑えた。

だがたしかに人が樹の根元に蹲って何かしている。

「誰かね、そこにいるのは」青木は立ちあがって、その方に近寄って行った。

「誰かね、何をしてるんだね」

月明りは樹々に遮られて、目の慣れるまでは、その窪みはほとんど真暗だった。う、う、と小さなうめき声をあげて、誰かが、小さなスコップで落葉をかきわけ、地面を掘っていた。相手がまだ子供らしいことに気付いて、警戒をとき、青木はそばに寄っていった。

「コリーかね。ジョージかね?」

一人の少年が鳥籠をそばに置き、夢中になって土を掘っていた。いや体軀は小さいけれども、彼はもう幼児ではない。十八歳になるヘンリーだった。

「今ごろこんな所で何をしている。もう消燈時間もすぎたはずだろう」

相手はしかし返事をしなかった。ヘンリーは最も早く兼愛園に収容された混血児の一人だったが、当時、乳幼児の血液検査をしておくことに気付かなかったままに、義務教育をほどこすべき年齢に達したころ、彼は噴き出物だらけになって発熱し、それが癒えた時、どうしようもなく脳をおかされていた。皆が体操をしている時も、ヘンリーは野良猫のように草叢にごろりと寝そべっており、食事の時には、茶碗をさし出す数を勘定していてストップをかけないと、飲食物が喉のところまであふれ、胃が裂けそうに膨れていても、際限なしに彼は飯を食った。兼愛園が混血児収容施設から精神薄弱児施設に転換されて、もっとも恩恵を受けるのは彼かもしれない。いや、改組されようがされまいが、彼はここを離れては生きて行けない人間だった。

鳥籠を持ちあげて淡い光に透してみると、籠の底にヘンリーの飼っていた文鳥が死んでいた。部屋の窓を閉め忘れ、寒気にさらしてこごえ死にさせたのだろう。

「墓を作る。ホトトギスが死んだからね。ホトトギスが死んだからね」

ヘンリーが酒に酔ったような巻舌ではじめて口をきいた。夜だから見えないが、彼が口をひらくたびに、唇からは牛のように長い涎が流れているはずだった。

杜鵑《ほととぎす》?

「これは文鳥であって、杜鵑ではないよ。いつかも教えたろう、杜鵑には頰に白い紋なんかないし、もっと尾は長い」

誰が文鳥を杜鵑だなどと教えたのだろう。杜鵑をうぐいすの巣に産卵して子供の飼育を他に委ねる鳥と知っての冗談なら、それはあまりにも悪質だ。頭の悪い混血児に文鳥を杜鵑だというくるめてほくそ笑んでいる者などに、大きく嘴をあけて、餌を与えられるのを待つ捨て子のために、あくせくと働く者の気持など解りはしないのだ。

ヘンリーは鳥籠の中から、杜鵑を、いや文鳥の死骸をとり出して、穴に埋め、そして、赤児のように青木の膝を抱いて、おいおいと泣いた。

「泣くな、泣くな」と青木は言った。「またもっと綺麗な鳥を買ってやるから」

久し振りに彼は優しい気持になっていた。風に堆肥の匂がかすかに混っていたからだろうか。それとも相手が自己主張するすべを知らない白痴だからだろうか。

「この柵から外へは出てはいけないよ」左手に空の鳥籠を携げ、右手でヘンリーと手をつないで青木は歩いた。

「お前はこの柵から外へ出ては生きてはいけない人間なんだから」

どうして新聞社の事業部は兼愛園に社会福祉事業賞などをあたえたのだろうか、と青木は思った。そして、どうして自分もまた、のこのこと表彰式へ出向いていったりしたのだろうか。彼もまたこの柵から外へ出なければ生涯を平穏に暮せたかもしれなかったのだ。ヘンリーは段々畑の畦を伝いながら、まだ泣いていた。

「泣いてはいかん」と青木は言った。

「泣いても無駄だ」としばらくして彼は言いかえた。お前がどんなに泣いてみたところで、この世の中が、どうなるというわけでもないのだから。

深夜、忍び込むようにして青木はひとり兼愛園の事務所に入り、書類を整理した。園児の生活と発育状態の記録、ここ数年の会計簿、業者への納品書や原料費支払代金の受取り証。官庁へ提出した書類の写しや補助金申請の写し、官報や新聞の切り抜き、混血児問題に関する研究書、そして教授資料や会計予算……

青木はそれらの書類を手にとってみては、しばらくその表紙を撫で、自分の字や水谷久江の字、そしておそろしく下手な中里徳雄の右さがりの字を、文章や数字の意味とは関係なくぼんやりと眺め、そして次々に屑籠におしこんでいった。彼はその書類をひとり裏庭で焼却するつもりだった。

不要な書類を焼却し、いつかは兼愛園の歴史を書くこともあるだろうと思っていた夢とも訣別し、水谷と中里にあてて書き置きを残して兼愛園を立ち去ること、それがいま彼に選択することのできる、唯一のまともな行為だと思われたからだった。

すでに紙質も黄化した書類の中から兼愛園の設立趣意書が出てきた。それは設立に際して書いたものではなく、行き詰った兼愛園の経営を建て直すため、昭和三十五年、県の協賛を得て全額国庫の緊急援護費七十万円を請求するために彼自身が書いたものだった。短い、生硬な文章にも、それなりの苦心をはらったものだったが、今は誰か別人の書いた文章のように青木には思える。

「戦争によって社会に投げだされた戦災孤児、占領によって産み出された混血児が現在どのような状態におかれているかは、すでに御承知の通りであります。

生れたばかりの嬰児が溝川《どぶ》に投げ棄てられて死骸となって浮き、幼い乳飲児は列車の網棚や公園のベンチに捨てられたまま餓死し凍死してゆく。幸いにして生きながらえた者も、養う親なく地下鉄の昇降口で寝起きし、食堂の残飯をあさり、年端もいかずして世を呪う非行少年と化しつつあります。半ばはその両親の罪であるとはいえ、かつて国家が徴兵徴用の権利によって親を子よりひきはなし、さらに国家が無条件降伏して異国の兵の進駐を招いたのである以上、戦災孤児や混血児は本来、国家が養うべき責任を持つものであります。大東亜戦争の開始にあたって、天皇陛下は『朕ガ衆庶ハ各々其ノ本分ヲ尽シ億兆一心国家ノ総力ヲ挙グ』べきことを勅諭され、国民はその御意志に従いました。また敗戦に際しては、『耐エガタキを耐エ、忍ビガタキヲ忍ベ』と国民に呼びかけられ、また国民はそれに従いました。しかしながら今にして思えば、忍びがたきを忍んだのは衆庶のみ、国家権力は巧みに自らを衛って生きのび、衆庶にのみその皺寄せがなされたかのごとくであります。幸いにして衆庶は勤勉、廃墟にバラックを建て、防空壕に家庭を築いて立ちなおりましたが、未だ生活に自立力のない孤児、混血児に、耐えがたきを耐えるどんな術がありましょうか。かつて幸徳秋水の大逆事件の際、明治天皇は

『罪あらば我をとがめよ天つ神　民は我が身の生める子なれば』と詠ぜられたとききます。私は、国家は自らに叛く者を弾圧する権利をもつことを冷厳なる権力の論理として認めますが、その叛逆者すら、自らの子と観ぜられた明治天皇の御心がまことでありますならば、神聖不可侵の者より国家の象徴に転ぜられたとはいえ、この孤児も混血児も、国家の子、天皇の子であるはずであります。しかも、戦争の惨禍を受けた国民も、戦争によって産み出された孤児、混血児も決して叛逆者ではありません。ただただ、その犠牲者であり、ひたすら救いの手のさしのべられるのを待つ、か弱い存在であります。もし、それをしも見棄てられるならば、為政者は、自らの説かれた論理によって、直系卑属の殺害者として告発されることを認められねばなりません……」

その文章はおよそ趣意書や要望書の体裁を逸脱しており、ほとんど国家に向けた脅迫状に近かった。たしかにそれは脅迫状だった。だが、彼は当時、すべての金蔓に見はなされ、事業に行きづまり、あとはただ、養育している混血児たち全員を同時に毒殺し、みずからも毒をあおいで死ぬより方法がなくなっていたのだ。

かつて大阪の貧民窟に、計画的な養子殺害の集団があった。不義の子を産んだ良家の子女から多額の養育費とともに子をひきとりながら、子供には乳をあたえず、あるいは口をふさいで窒息させ、死体を闇から闇へ葬ってしまうのである。親がその後子供を忘れかねてそっと会いに行ったときには、その集団と結託した悪徳医師の書いた麻疹《はしか》や肺炎による死亡診断書だけが待っている。依頼料と月々の養育費は、その集団が着服して自分たちの生活と遊興の費用にあてていたのである。これは極悪非道だが、しかしその話をある人物から聞いた時、「私たちのところへは、養育費までつけて子供を捨ててはくれませんのでね」と青木は笑ったものだ。冗談ではなかった。本当に、青木は、子供たちとともに自害する方法を真剣に考え悩んでいたのだ。子供たちが寝ているあいだに一人一人首をしめていこうか、それとも、回虫の薬だといつわって全員に同時に青酸カリを飲まそうか、と。

青木に好意を寄せていた県庁の社会事業課の清水課長と厚生課の真鍋課長が顔色をかえてとんできて、趣意書の文章がこんな風ではこまるといい、真鍋課長が代筆し奔走して、ことはおさまった。その時、青木は、要求額より二十万円すくない金額ながらも、国家からいささかの金銭を〈強奪〉した。国家から金銭を強奪した時、彼は崩れなかった。にもかかわらず、民間企業である新聞社からの布施を受けたとき、なぜ……

電気スタンドの灯だけの薄暗い事務室で、彼は疲れて煙草をのんだ。マッチを擦り、煙を吸いこみ、そして、薄暗くて味のない煙を吐き出す。灰皿の見あたらぬまま、燃えるマッチを持っていた彼は、だんだんと短く、指に近づく火を茫然と見ていた。この書類を裏庭ではなく、事務所の中で焼けばどうなるだろうか、と彼は思った。

兼愛園は四棟が渡り廊下でつらなって建っている。もっぱら昼間に事務をとり、夜には人のいないこの新館が炎上しても人間には被害は及ばないだろう。いや、今も夜の風が海辺から吹きあげているとすれば、容易に子供たちの寝ている木造にも燃えうつるだろうか。食堂も工作場も、職員住宅も、あるいは一緒に燃えあがるかもしれぬ。暗夜の丘陵に、赤い火花を散らして、戦後十八年間の、彼の努力と生活の記念は消失する。二十分、あるいは十分とかからないかもしれない。急な坂道が交錯し、水の不便な丘陵の中腹の建物まで消防車が入ってくるのにはひまがかかる。またたとえすぐ来たとしても、消火用の水が勢いよく出るかどうか。

彼はしばらく、兼愛園が炎に包まれて焼ける幻の地獄絵図をたのしんだ。そして、もう一度、実際にマッチを擦ってみた。

不意にふたたび、その時涙が流れたのだ。何故だろう。なぜ、大の男がひとり涙を流さねばならなかったのか。

怒りが必要だった。いや、正義にもとづく怒りの感情が必要だった。実際に兼愛園が炎とともに消滅するためには、エホバのような怒りが必要だった。だが、二年間のシベリアの捕虜生活で、彼は正しき怒りの感情を失ってしまっていた。奴隷には正義も怒りも不要だった。奴隷が余計な感情を懐けば、それはすなわち死だった。彼は生きのびるために、感情と思惟のある部分を麻痺させた。いや麻痺というより切断というべきだろうか。昭和二十二年春、引揚げ船で舞鶴港に着き、ふたたび日本の土を踏んだとき、彼の五体は日本を出た時と同様にそろっていた。迎えに来た妻の房江は、蒼白い顔で、彼がタラップから降りてくるのを見ていた。対面の場で、戦争で片脚を失った元兵士とその家族が泣いて抱きあっていたが、彼は妻との再会の場で、手をとりあって喜ぶ感情すら喪っていたのだ。

皆さま、本当に御苦労さまでございました。ようこそお帰り下さいました。

スピーカーから、とってつけたような女のアナウンサーの声が流れ、温泉町の客寄せアーチのような安っぽい木組みの門にも、同じ慰労の文句が見えた。何を無責任なことを言っているのかと、彼は怒ってもよかったのだ。しかし彼は怒らず、妻との再会にも泣かなかった。生活の再建、一からのやり直し、懺悔の日々……。

青木を待つという姿勢だけで辛うじて正常さを保っていた妻は、失った二人の子供を歎きながら、しかし同じようには歎かない夫に暗い疑惑の目を注ぎつつ、やがて気がふれていった。

いまこのマッチの火を趣意書の和紙に移せば、万事は終る。彼は自分を試すように何度もマッチを擦り、そして、誰かに見られてはいないかと、窓の外を見た。暗い外に視界のあるわけもなく、ただ植込みの樹々の風に揺れる寒々した音があるだけだった。そして窓硝子には、電気スタンドの光を下から受けて、死面《デス・マスク》のように気味悪い、銀髪の男の、表情のない頬に、焰にとける蠟のように涙のしたたるのが映っているだけだった。

第四章

一

兼愛園を空けてもう何日になるだろう。何日経ったのだったか。競輪場の金網に凭れ、焼けつくような喉の渇きを覚えながら、青木隆造は、捨てられた車券が風に舞うのを見ていた。汗が腋の下から横腹をつたって流れるのが解る。

暑いわけはなかった。場内中央の広い芝生はもはや褐色に萎えており、吹いてくる風はすでに冬の風だった。この地方の競輪も今年はこれで終りなのだ。

喉の渇きも汗も気候とは関係なく、酒気が体から抜けてゆく際の苦しい生理作用にすぎない。彼の意志とは無縁に、肝臓や胃腸が異物を処理しようとして苦闘するのを、青木は微笑したい思いで感じていた。直接、手で触れることができるなら、内臓の一つ一つを軽くたたいて愛撫してやりたい気がする。馬鹿だなあお前たちは。いくら働いてみても結局は無駄なのだ。懸命に働いて血液を浄化し、毒素を汗にして流してみても、また御本尊は酒を飲み加えるのに決っているのに。

彼は落ちていた新聞を拾って、その三面をひらいてみた。期待していた記事は載っていなかった。彼の失踪を、兼愛園の職員も、時実正子もまだ届け出てはいないのだ。いや、あるいは届け出たのかもしれない。ただ、それは記事にするほどの値打ちがなかったに過ぎないのだ。兼愛園の混血児が集団生活の束縛をきらって時おり失踪したことがあったので彼は知っている。警察には驚くほど部厚い失踪届の綴りがあり、どの届けにも写真が貼られ年齢や特徴がしるされ、しかし誰が探すわけでもなく警察の書棚で埃をかぶっている。元参謀の国会議員が失踪したり、富豪の令嬢が誘拐されたのならともかく、たいした地位もない人間の失踪などに警察もまた本気になるわけもないのだ。

青木の視線はしかし、不動産屋の土地や家屋の広告から求人欄へ、そして死亡通知欄へとさまよって行った。「母危篤ヤスオすぐ帰れ」とか「住所を知らせよ、糸子、心配している」といった人探しの欄に、もしや自分の名が出ているのではないかと思ったからだった。彼には二度と兼愛園に帰るつもりはないはずながら、心の底では、誰かが自分のことを心配してくれているという実感を得たかったのだ。だが、紙面の何処にも彼に呼びかける文章はなかった。

昔、満洲で、写真結婚で内地から嫁入りしてきた開拓団員の花嫁が、不意にいなくなったことがあった。気がふれたのか、匪賊にさらわれたのか、それとも開拓村の生活に失望して帰ろうとしたのか。馬車に揺られ鉄砲を胸に抱いて嫁いできて、まだ三月もたたないある日、不意にいなくなってしまったのだ。ずうずう弁の、しかし肌の透きとおるように白い女性だった。夫は半泣きになって馬で大豆畑や小麦畑を駆けまわり、開拓団員も、一隊は町へ一隊は鉄道線路沿いに果てしない曠野へと、隊伍を組んで探しに行った。人々はたしかに自分のことのように心配したし、近くの独立駐屯部隊も力を貸してくれた。兼愛園の園児の失踪の際にも、青木はもしや自殺するのではないかという最悪の予想に駆られて、園児たちをつれていったことのある海水浴場や公園や、映画館や駅頭を、かけずりまわって、探したものだった。自由時間にはその児はいつも二階の屋根に登って港の船を瞰下していたというので、寒い冬の埠頭にまで出向き、波のしぶきをあびながら反響のない暗い海に向って、何度も何度もその児の名を呼んだものだった。

いま彼は神戸からそんなに遠く離れていたわけではなかった。大阪と京都の中間、神戸からでも急行なら一時間半とはかからない高槻の競輪場にいた。最初、彼は着服した百数十万の金をもって、全国の名勝を豪遊してまわるつもりだった。金が尽きたとき彼の人生が終るのである以上、少くとも最後には遠くはなれた北海道の北のはてにでもいるのがふさわしかった。だが、そう思いながらも、彼は神戸に近い尼崎や大阪の貧民窟の安宿を転々とし、安酒を飲むだけで、漂泊も豪遊もしていなかった。無理やりに競輪場に足を搬んでみても、彼はただ屋台でおでんを食い、情報紙を人並みに買いながらもほとんど競走を見もせず、定年退職した老人が閑つぶしに百円ずつ賭けるように、みみっちく人々の仲間入りをしたにすぎなかった。どの色のヘルメット、どの番号の自転車が一着になろうと興奮もせず、彼は金網越しに、色褪せた芝生が風に揺れるのを茫然と見ていた。堕落しながら、彼は哀れにもまだ節倹家であり真面目だった。

彼はすでに人々の立去った段丘状の観覧席に淡い冬の西日が射しているのを見あげ、腹巻きの中の大金を確かめてみた。膨みは変りなくあり、そしてその時、無意識に手挾んでいた黄色いビニール製の傘が地面におちた。自分が傘を持っていることなど彼は忘れてしまっていたが、それでもなお、最も忘れ易い品物を、彼は無意識に持ちつづけていたのだ。なぜ俺は後生大事にこんな安物の傘を持っているのだろう。彼はしばらくその黄色い傘を、自分の吐瀉物を見るように見おろしていた。

彼が兼愛園を出た夜、べつだん、雨も雪も降っていたわけではなかった。兼愛園の近くを散歩する際にも、一昔前のイギリスの紳士のようにステッキ代りに洋傘を携える習慣があったわけでもなかった。また傘を持って出るにせよ、彼自身が従来使っていた大きな蝙蝠傘もあれば職員達共用の番傘も玄関わきに備えてあった。だが彼は裏庭で書類を焼く際、紙をかきまぜ、灰をかきまぜるのに使った安物の傘をそのまま持って出、そして西宮の時実正子のアパートへ行った。実りのない関係の、しかし、その冷たい肉体の中にもなくはない、一瞬の忘我を味うために。

時実正子を病院へ送っていった時にも、雨も雪も降ってはいなかった。空に雨模様の雲があったわけですらなかった。

「どうして、そんな傘をお持ちになってるの?」

電車の中の人ごみやバスの排気ガスの匂を嗅ぐと嘔吐をもよおすという時実正子とつれ立って裏町づたいに病院まで歩いたとき、彼自身も何故かを疑った。その傘は受賞式に秘書とともに赴いた東京の夜の町で、その夜ひとときの身の覆いに買ったものだった。傘は、旅館か駅の備え付けぐらいにしか使わない安っぽいビニール製だった。白髪に黒いオーバーという、そうでなくても目立つ風采の青木が、黄色い原色の傘を持っていては、人が振りかえらない方がおかしい。人に見られることを嫌い、とりわけ総白髪を凝視されるのを何よりも嫌悪した彼が、なぜ……。彼がもし指名手配の犯罪者なら、白髪とともにその傘は恰好の標識となるだろう。失踪しておきながら遠くに旅立ちもせず、近くの大都会の繁華街や人ごみをさまよい、これ見よがしな傘を持つ彼の下意識は、甘えた迷い児のように、彼をつれ戻す者の手を待っていたのだろうか。

二

麻酔薬の匂いだったろうか。消毒薬の匂いだったろうか。一週間前の夕刻、彼は産院の待合室——和室と洋室の二つある洋室の方のソファーに坐り、その傘に肘をあてて、時実正子が診察室から出てくるのを待っていた。妊娠は彼女がそういう以上はほぼ確実だったが、まずそれを確かめ、事実なら、時実正子が掻爬《そうは》されるのを、また何時間か待たねばならなかった。かつて異国の兵士に輪姦され、冷感症となった肉体にも子供は宿る。神がもしそれを摂理しているのなら、神は青木を愚弄しているのだ。

娘のような年齢の女性に付き添い、しかし父親が娘をつれて産院にくることなどありえない、青木の白髪頭を、通りかかる看護婦は例外なく不思議そうに流し目に見ていった。麻酔から醒めたばかりらしい皮膚の艶のあせた婦人すら、腰を抑えて廊下を歩きながら、青木の持つ黄色い傘をつき射すように見て通りすぎた。

同じ待合室で、姿態や容貌の輪郭のどこかくずれた二人の婦人が、子供の認定の問題で要領を得ない話を医局の者にくどくどと話していた。かつて自分が腹を痛めて産み、この産院でとりあげてもらった子供を人にあずけたのだが、その子供が自分の子に違いないことを証明してほしいと洋装の方の婦人が訴えていた。

「ね、わたし、ここで産んだわね。あなたについて来てもらって」

「それは私が証明しますわ」水商売の女だろう和服の方がうなずく。

「しかし、もう五年も以前のことでしょう。カルテは一年間は病院に保存してありますが一年以上たったものは、随時破棄してゆきます。それに子供さんの認定は——くわしい法律は忘れましたが、一、二週間の間に、区役所に届けておくものでしょう」

「区役所へもいま行ってきたんです。そしたら病院の方の……」

「こちらの医局としましてはむやみに盲判をおすことは出来ません。この五歳の子供さんがあなたの子であると認定すると、どうなるのかは、お聞きしません。しかし、あなたの分娩を担当したという医師も看護婦ももうこの産院にはいない以上、私にはどうすることもできません」

白衣を着た若い医師は、物柔らかな、しかしきっぱりとした口調だった。青木は灰皿の置かれていない待合室で、煙草の吸殻の捨て場にこまりながら、腹のつき出た妊婦がゆったりと廊下を帰ってゆくのを見た。子供を宿した婦人の眉の薄れた表情は、成熟した果実が内側から粉をふくように輝いている。それに較べて堕胎して腰をおさえて出てゆく女の、なんと惨めで醜いことか。

産院の中庭は手入れが行きとどいていて、丹念に刈りこまれた杉や松に並んでシンジュの木が冬の風に揺れていた。その木の感じは、関東州一帯に栽植されていた香椿《チャンチン》の木に似ていた。香椿は春には白い色の花が咲くのだが、シンジュにも花は咲くのだろうか。

女性特有の、ものわかりの悪い執拗さで、二人の女性が何度も同じことを繰返して話している。

「子供が欲しいのなら、いくらでもやるよ」青木は声には出さずに呟いた。——もっともそれは混血児だがね。だが、もちろん、彼女が欲しがっているのは、子供そのものではなくて、子供の問題にからんで、転がりこむかもしれない、かつて情人だった男の遺産なのだろう。兼愛園にも、そういう人物が訪れたことがあった。夫婦で酒を飲み、腕を組んでやってきて、竹細工をしている子供たちの部屋にずかずかと土足のままあがり込み、この子が利口そうじゃないか、あの子が可愛いと、百貨店の品物でもよるように物色し、挨拶もせずに一人の混血児の手をひいて帰ろうとした。進駐軍の兵士とその妻だったが、帰国するまでに混血児を一人もらいうけたいという申し出の殊勝さに感動していた青木は、実際にやって来た人間の振舞いにあきれ果てた。自分たちが子種に恵まれないからではなく、自分たちにすでに四人の子供がいるのだが、それだからこそ一人ぐらい増えても同じことだという事前の申し出の庶民的な感覚が、青木には好ましく思えていたのだ。だが、兼愛園側のその養父母となる者の家庭調査もすまぬまえに、酒に酔ってやって来て、何の手続きもなしに投げ売りの品物をよるようにして子供をつれて帰ろうとする。青木は激怒した。そこでもまた殴り合わんばかりに罵り合い、中里に後からひきとめられながら、

「帰れ！《ギヤラ・ウエイ》」と叫んだ青木の見幕におされて、呂律《ろれつ》のまわらぬ舌でぶつぶつ弁解した進駐軍兵士の言葉の内容はこうだった。アメリカの軍隊では五人以上の子持ちには特別手当てがつくし、免税額も飛躍的にふえる。あんたは一人分の養育の手間がはぶけるし、わしらも得をする。それでいいではないか。

そう、あるいは、それでも良かったのかもしれないのだ。悲しいから泣くのではなく、涙を流すから悲しくなるのだという心理学の法則が正しいのなら、愛があるから子供を育てるのではなく、子供を育てる有利さが、やがて子供への愛となってもよかったのだ。この社会では、現に人々はそのようにして生き、そのように処世しているのだろうから。だが青木はその時、気狂いのように怒り狂い、進駐軍兵士夫妻は、玄関の門札にぺっと唾を吐いて立ち去った。

しばらくして時実正子が前踊みになり、股になにか異物でもはさんだような不自然な姿勢で廊下の奥の診察室から出て来た。

「お医者さんは、どう言った?」

「いま育てることができないのなら、仕方がありませんね、って」

「そうか」

「麻酔をかけて、三時間ぐらいは寝てなきゃならないんですって。先生、待ってて下さいましね。目が醒めたとき、横についていて下さらなきゃ、……こわい、こわいわ、わたし」

俺の心はぼろぼろだ。誰か俺をこの地獄から救ってくれ――その時、青木は最初、産院に入ってきた時の面はゆさも恥の意識も失っていた。彼は手をのばして時実正子を抱こうとした。時実正子は、さびしげに微笑し、青木にかこわれてから覚えた煙草を、まずそうに二三ぷく吸い、そして、よろよろと手術室の方へ歩いていった。

「待ち給え」青木は小声で言った。待ち給え、もう一度二人で考えてみよう。


あの時、なぜ、周囲の人びとを無視して待ち給えと命令し、あるいは待って欲しいと哀願し、無理強いにしてでも時実正子をひきとめなかったのだろう。その命令か哀願、そして彼女を背後から抱きしめる動作一つで、青木が最低限生きてゆける道も抱きとめえたかもしれなかった。なるほど、彼は満洲青年連盟のオルガナイザーとしては事志と違って失敗した。彼は国家に見棄てられ、彼もまた国家に背いた。また兼愛園の園長としての資格も、公金を私用し、団体の成員としての規則を破ることによって失った。さらにまた家庭人としてすら、子供を見棄て、妻の気がふれて破綻した。新たに家庭を築こうにも、その出発において彼は暴力をふるい、狭いアパートの一室で、ほとんど同時に二人の女性をおかすという、目をそむける場もない破廉恥をおかした。国家にも共同体にも家庭にも、彼は裏切られまた裏切った。しかし、彼にはまだ一つ、最後の可能性が残されていたのだ。家庭の枠からはみでてもなお残る、男と女の、凡夫凡婦の、煩悩と執着、無明の中の眷恋、金輪際、人間の歴史を動かすこともなく、新たな倫理を築くこともないながら、しかし日々の喜怒哀楽によって生きることの愚かしさと、愚かしい味わいを確かめる機会はあったのだ。権力びととして挫折し、共同体の指導者として失敗し、家庭人として失格しても、なお自分も時実正子も、人生の愚昧と苦悩それ自体によって回生することができたかもしれなかったのだ。心傷ついて悪魔と化した男と、肉体傷つけられて不感症におちいった女との、哀れな交わりの中に、不意に奇蹟的な救済の光が射しこまないとも限らなかったのだ。長い長い努力、人にも語りえず、見せられもせぬものながら、男が相手の肉体の哀れさに、愛とは何であったかの記憶をよみがえらせ、女がそうするものと教えられて、ぎこちなく体をねじらせ、腰をよじるその悲惨な学びによって、女性の業《ごう》をいつしか身につけることもできたかもしれない。未熟だった感覚が分娩によってひらかれることもあると聞く。そして青木はそれを嘘ではないと思う。それは産れ出ずるものの、陣痛の代償に母体におかえしする贈物かもしれないのだ。
だが結局、青木は時実正子が廊下のリノリウムを踏んで、手術室の扉の中に消える、その後姿を見送っただけだった。しかも、彼は掻爬をおえて、布をかぶせられた昏睡のままストレッチャーで休息室へ搬ばれる時実正子を確認しただけで、産院を出た。手術費を支払うのも忘れて。——そして彼は、時実正子のアパートにも、兼愛園にも帰らなかった。

三

浮浪者のように場末の町を彷徨せずとも、行けば歓待されるだろう場所はあった。兼愛協会が賞を受けてからだけでも、数えきれぬ団体からの招待状が舞い込んでいた。講演依頼もあれば、宗教団体の祭祀への招待もあり、また、ただ何となく遊びに来てくれという旧知からの誘いもあった。ある新興宗教の教主が、満蒙の各地を旅行し、世界紅卍会や普天教など、満蒙の土俗的宗教団体と連繋しようとした時、ほんの二、三日通訳をひきうけた縁で、彼が慈善事業を経営していることが知れて以来、その宗教法人からは再三再四鄭重な招待状がとどいていた。国家間の連繋や同盟あるいは「内面指導」ではなく、民間信仰団体同士の連繋を作ろうとするその意図には、かつて少なからぬ共感を覚えた記憶もあって、その宗教団体からの招待には、事実少し心は動いていた。紐つきでない、まさかの時の資金源としても、関係を保っておくことは有利だった。また、北海道の、満洲からの引揚者たちが集団入植した開拓村からの招待にも、人にはあまり会いたくはないながら、送られてきた写真のサイロの見える風景には激しく懐旧の念をそそるものがあった。早瀬勇権や桜井信明、そして青木隆造などが、満洲特殊会社設立要綱や満洲国経済建設要綱を検討しているとき、小池二郎は、満洲の営農に関する諸問題を検討しており、北満に北海道農法を採用する可能性について、何度も説ききかせてもくれたものだった。北海道出身だった小池二郎の思い出話には、聞き手に強い郷愁の念をおこさせるものがあった。北海道にだけは仕事に余裕ができれば一度行ってみたいと青木は思っていた。ポプラ並木やスズランの花、そして深い湖の碧に憧れてではなく、荒涼とした泥炭地帯の地質改良や冷害地の実態を見るために。行くだけなら、今はその絶好の機会だった。季節は冬、観光客の足も遠のき、北海道は本来の厳しい姿に戻って雪に埋もれていることだろう。伊丹から飛行機にのれば、三時間あまりで行ける。ジェット機ならもっと早いだろう。

だが、青木は大阪の、悪名高い場末の町を、阿片窟を探しながら、怪し気な酒場から酒場へと歩いていた。何時、誰に聞いたのだったか、神戸の港町と、大阪のこの貧民窟近くの歓楽街にだけ、阿片窟があると彼は聞いていた。一切の道徳心を麻痺させ、肉体の消耗の上に花咲く淫逸の夢。満洲国皇帝溥儀の正妻秋鴻皇后は阿片中毒患者だったという。その阿片はどこから手に入れていたのだろう。いやそんなことはどうでもいいが、彼は昔、大連の魔窟で一度、阿片を吸いながら羽化登仙の淫楽にふけっている男女を瞥見したことがある。むかつくような煙の罩《たちこ》める衝立仕切りの絨毯の上で、骨と皮だけになった老人が素裸で若い女を抱いていた。昔、宮廷の宦官だったらしい老人の股間にはペニスがなかった。去勢には睾丸を剔去する方法と陰茎を切断するものとの二種類があるそうだが、根元から切断された老人の陰部から、何の幻を見ているのか、傷つけられた樹皮から流れでる樹液のような分泌物がしたたっていた。

青木はケシの実もその乳液も、それを乾燥した粉末も見たことはあったが、阿片はまだ吸ったことはない。吸おうと思えばその機会があったとき、全然興味はなく、いま、空しく彼は阿片窟を探していた。築堤の上を煤煙をぱらぱらと落しながら関西線が通りすぎ、ネオンサインが貧民街の醜さを誇示するように輝く。巨人の靴下から発する悪臭のような、日傭たちの体臭が町全体に漂い、公衆便所の汲取口からは道路の真中にまで糞尿が流れだしていた。パチンコの狂騒とギター流しの鼻にかかった歌声。古着屋、質屋、風呂屋、安旅館、大衆食堂にシチュー屋、どて焼き屋、そしてバクダンと称する泡盛を売る立ち飲み屋……。どもり矯正会が吹きざらしの道傍で間の抜けた演説をしており、男娼が目のふちを青く化粧して電柱のかげに立っている。

「阿片窟はないんだろうか?」

街娼らしい女に話しかけて鼻先で笑われ、青木は結局、日傭たちの群れる狭い居酒屋で酒を飲んだ。つけっ放しのラジオが安っぽい流行歌を流している。語りかける相手もなく、徐々に酔ってゆく中で、彼はポケットから紙切れを出し、誰に出すともなく手紙を書いた。いや、最初は宛て先のあてもなかった手紙を書くという思い付きは、幾分懺悔的な文章を綴るうちにやはり兼愛園に向い、そして彼の思考をもっともよく理解しそうな中里徳雄に向っていた。

——どんな組織の中にも、互いの足のひっぱり合いがあり、三人以上の人間が集まれば必ずそこには人間の〈怨毒〉が漂う。蛙のように跳びはねまわって理念を腹芸に解消しようとする人間、八方美人や讒謗《ざんぼう》の専売人が、そうでしかありえない組織というものの中から数多く生産される。私はかつて「資治通鑑《しちつがん》」という古代から宋代にいたる中国の大部な歴史書を読んだとき、何百年何千年の歴史の推移が、讒言と中傷、ある者とある者との離間と怨嗟《えんさ》によって説明されるのを見て不思議に思ったものだった。シナ人には歴史観はないのかと思ったものだった。歴史を発展させる客観的な諸条件を無視して、このクーデターは誰かが誰かを誣《あざむ》いたため、この戦争は誰と誰とが反目状態に入り、どの人格が猜疑深くどの人物が愚かであったからと説くのは、あまりにも幼稚ではないかと思ったものだ。だが、私は満洲青年連盟員となり、政治的人間となった時、ふいに分った。それは長い歴史によって鍛えられた大陸の民の恐ろしい知恵だったことが。確かに嫉妬や羨望や憎悪や憤怒によって世の中は動く。同じ理想に基づいて結社し理想家が懸命にその理念の現実化を考え、ある程度の勢力となって理念が実現しそうに見えたとき、ひょいと気付いてみると、その集団は、集団が膨脹し権力に近づいたという正にそのことによって醜悪な誹謗と猜疑の坩堝《るつぼ》と化しているのだ。かつて同志であった友人たちが談合している席に不意に入っていって、何とも言えぬ気まずさに包まれた経験は君にはないか。こちらは友人だと思っており、久しぶりの会合に、どういう冗談を言って皆を笑わせてやろうかといったことまで考えて満面に微笑を浮べて入ってゆく。すると一瞬座は白け、猫の眼のように濡れた目で、その座の全員が入っていった君を冷たく見据える。君に能力があればあるほど、そういう経験を数多くつまねばならなかったはずだ。人間、誰しもに欠陥はある。迂闊だったり不作法だったり、酒のみだったり、女に甘かったり。欠陥をあばきあえばきりはないのだが、最初は誰しも、自分が疎外されるのは自分に何か欠陥があるからだろうと反省する。だがそのうちに愕然と気がつくのだ。欠陥のないこと、有能であること自体すら誹謗の材料になりうるのであり、組織が一たん形成されれば、組織の発展につくす者より、組織を利用する者や、組織の中を巧みに泳ぎまわる者が必ず力をもつのだということが。

人間というものは信頼出来ない。

そしてやがて人間は、そんなくだらぬ者とかかわり合うよりは、世捨人となった方が、ましだと諦めるか、そういうくだらぬ人間は頭ごなしに抑えつけるより仕方がないのだと思うようになる。絶望的な殺戮の剣をふるう独裁者と、密室にとじこもって無常をはかなむ世捨人の精神の暗黒とは、陰陽両極の相似形なのだ、本当は。人間が人間を信じなくなるのは、人が人を殺すからではない。味方だと思い込んでいた者の中に、無数の裏切りと中傷と、羨望と嫉妬と、怨嗟と策謀が渦巻いているからだ。悲しいことだ。悲しいことだ。

私には今更、君に向けて教訓を垂れる資格などないが、私が何故このような人間になり、このような人間でしかありえなかったかを、誰かに解っておいてもらいたい気がする。それは私が属していた団体がファッショ団体だったからそうだったのだとは言わせない。人間そのものが敗戦を境にして急に変ったわけではない。私は君の前歴について、何も尋ねたことはないが、君の漂わす気配が政治的なものであること、君がある党派に属していた人物であることぐらいは解るのだ。そして、そういう君にこそ語りかけたい。君や君たちの世代が、もし私の経験したようなことを真に避けることができたときだけ……

彼の思惟は突然にとぎれた。横の垢くさい酔漢が彼が万年筆を持っていた腕をこづいたからではない。鳴りっぱなしのラジオが音楽放送から、いつしかニュース番組に変り、その放送の中に彼の聴きなれた人の名前がでてきたような気がしたからだった。彼は我に帰って耳を澄ました。

「先般、旧陸軍士官学校出身者ら十三人を主謀者として計画され、警視庁公安三課によって未然に探知され取調べられておりましたいわゆる〈幻のクーデター事件〉は、昨日、参議院の特別委員会で喚問されました××特殊製鋼社長、元陸軍少将大崎豊作氏の答弁によりあらたな段階に入った模様であります。参議院特別委員会で、大崎氏は従来判明せる主謀者のほかに関係者の氏名を一部発表し、それによって、本日、東亜商事専務、もと関東軍参謀大尉、岸井忠臣氏、アジア科学研究所長、もと満洲総務庁主計処課長桜井信明氏ら、数人の政界財界人が警視庁に任意出頭を求められ、事情を聴取しております。今までに判明しているところでも、この事件は先般伝えられました××特殊製鋼従業員二百数十名による小銃・日本刀等による政財界要人暗殺計画を遙かに上まわる大規模な計画内容を持っていた模様であります。たとえば市ヶ谷首都防衛隊一個大隊による国会の包囲占拠、各種右翼団体による、浄水場、変電所、新聞社、放送局の破壊あるいは占領、ならびに現閣僚を含む、政財界人多数の殺害計画がふくまれていたと伝えられます。また進駐軍用の軍需品を調達しています××重工業をはじめ、装甲車、自動小銃、手榴弾などの製造部門とのある種の連絡がとられ、ないしは呼びかけがあったとも伝えられております。クーデター計画者たちの信念は、一、政府、与党の金権政治打倒、二、米国追随の軟弱外交排撃、三、計画経済による特定階級の独占的利益取得の排除等々、であり、もと満洲のいわゆる革新官僚や現自衛隊の幕僚間にも相当数の同調者、共鳴者がいたもようであります。もはや破壊活動防止法の適用は決定的と思われます。……ただ今のニュースを繰返して申しあげます。先般、日本刀および猟銃等の武器の不法所持ならびに破壊活動の共同謀議の容疑により逮捕されました××特殊製鋼社長、元陸軍少将大崎豊作氏……」

青木は突然、立ちあがって哄笑した。おかしさが腹の底からこみあげてきたのだ。

「あははは」

何がおかしいのか、客の注文に応じて椀に糟汁をついでいた居酒屋の内儀が、青木の笑いに調子をあわせて、無意味に笑った。

「何がおかしいんだ」劣等感にこりかたまった日傭の一人が、荒んだ酒肌の頬をぴりぴりと痙攣させて怒鳴った。

「おい、そこの白髪頭のおっさん、何がおかしいんだよ」

「いや、何もおかしくない」

青木は、腹巻の中から一万円札を一枚とり出し、目を丸くしている内儀に手を振って、つりは受けとらずに外に出た。

四

彼は自分の体がよろけて、ゆっくりと地上に転倒するのを感じた。誰かが彼を突きとばしたのであることは解っていた。しかし何故か、奇妙に、しごく当然な事態であるような気がしていた。たしか二、三分、彼は陋路に仰向けにたおれて、都会の暗い夜空を見あげていた。遙かな昔、彼はこのように街路にぶったおれ、楡の梢ごしにおびただしく輝く夜の星を眺めていたことがあった。あれは何処の街だったか？

街路全体に薄い粉雪が積り、はやく門戸を閉ざした家々の寝しずまった異郷の一画で、その日の論争に破れた鬱憤を強い高粱酒にまぎらして、彼は天を覆いつくす星々のきらめきを見た。悠久の天、どうしても動いているとは見えない星座の群れ。

いいや、彼が見たもっとも悲しい曠野の上の夜空は、酒席で同志たちと〈王道〉とは何かを論じあい、雪の街に酔いつぶれてみた星ではなかった。たしかに違う。あれはたしか、彼が昭和十六年の冬、ある禅師を中心とする修養会からの帰途、何者かに狙撃され、ハルビンの病院で三ヵ月を過したとき、毎日毎日、病院の窓からあかず眺めた雲の微妙な変遷、そしてその変遷を嘲笑するように夜となれば満天に輝いた星々の光だった。いや、それとも違う。最も美しかった満洲の空は、奉天や新京の空ではなく、満鉄の職務を辞し、関東軍参謀部顧問の資格も失って、開拓団の指導者として牡丹江郊外におもむき、あるときはホームシックに意気沮喪する開拓農民に訓話しながら、あるときは満洲農民の蜂起におびえながら、夜通し宿舎の窓辺に銃を擬していたとき、ふと見あげた星にちがいなかった。そうだ。そして、現実の酸鼻ゆえに、土地によってその姿の特にかわることもない星の光のみが、記憶として残るのだ。八月九日、ロシアが参戦し、国境線を突破して怒濤のように押しよせたとき、関東軍は開拓団民に開拓村の死守を命じ、青木は現地召集をなおまぬがれて残った男子たちと、弾薬の配分を空しく待ちながら、四角な模型爆弾を胸にかかえて仮想戦車の下にとび込む対戦車特攻訓練に数日を費した。あの貴重な数日を——。そして、突然、撤退命令が伝えられたとき、周囲には彼ら開拓団民の逃亡を護衛してくれるべき日本軍師団の影はなかった。敗戦とそれ以後のほぼ一ヵ月、二十七万の開拓移民のうちの八万人が惨死、彼がひきつれてのがれた七百名余の開拓民も彼が四平街の駅付近で二人の子供の手をひいて脱走したとき、生き残っていたのはたった四十数名にすぎなかった。あの絶望と流浪の日々。そして野営の空に輝いていた星々。飢えと恐怖に娘たちは発狂し、反乱軍と対峙して、男たちが乏しい武器で狂ったように斬り込む時、背後で母親たちは子供の胸をさしてみずからの喉をつき、曠野に醜い死体をるいるいとさらした、あの恐怖の夜にも、悠久の天には、どうしても動いているものとは思えない星座の群れが輝いていた。

――おれは何日間、飲んだくれていたのだったろうかと、いま、まったく別な平和な夜の乏しい星の数をかぞえながら青木は計算した。この十数日間、目が醒めると安宿のせんべい蒲団の横に見知らぬ女が寝ていたり、日傭たちの宿る蛸部屋の一隅であったりした。しかし彼は驚かなかった。オーバーもマフラーもどこかへ紛失してしまっていたが、不思議にビニール製の傘だけは持っており、腹巻にひそめた大金も別にへってはいなかった。飲みつづけ酔いつづけてはいたが、それはほとんど金のかからぬ安酒であり、戦後十八年間の倹約癖は崩れてはいなかった。労働者たちと背をこすりあわせるようにして睡り、くだを巻くことにある気安さを覚える点も、むしろ放浪を好んだ彼の本来の姿のようなものだった。新聞は毎日読んでいたが、今までのところ青木隆造の失踪の記事もでていなかった。秘書の水谷久江はどうしただろうか？　そして時実正子はどうしただろうか？　ふと、泥酔の合間に彼は考えたが、自分自身にも理解しかねる微笑が唇に浮ぶだけだった。やっきになって捜しているのかもしれず、捜すことを諦めてむしろ事を必死に伏せているのかもしれない。しかし、どちらにしても、兼愛園の内部はてんやわんやであろう。だが賢明な水谷も有能な中里も、職員たちの狼狽を抑えて、園長の失踪を外部にもらすようなことはしていないだろう。あるいは、園長は骨休めの旅行に行ったのだと水谷は皆を説得しているだろうか。いま、新たなシャツと下着を買い、既成服に身だしなみをととのえて何喰わぬ顔をして帰っても、別段どうということもなく、すべては元通りになることだろう。そう、そのことは解りすぎるほど解っていたのだ。今、起きあがって服の埃をはたき、駅へ向けて歩いてゆけば、ただ職員の中から時実正子が一人へっただけで、すべては元の姿に戻るだろうことは。だが……

その時、彼の体はクレーンに襟首をさらわれて引きあげられるように、ずるずると虚空にぶらさがった。夢を見ていたのか。何ものかの力によって起きあがった彼は、今まで自分の倒れていた路地わきの溝から溢れでている洗剤の泡と、その泡を怪しく染めている淡い色付きの外燈を孤独に見た。夢ではなかった。

黒い、影のように見える数人の男たちが彼を取り囲んでいた。彼は安物の傘を拾いあげ、自分を扶け起してくれたらしい青年の方に気まずい目礼をして、孤独な散歩者のように歩きだそうとした。息子ほどの若者に、酒と女に狂う老いぼれ姿を諌められた愚かな巷の老人のように。そこは長い板塀が一方につづく狭い路地だったが、大道路にでるべき方角は解った。ちらちらと扉の隙間を駆けすぎる白駒の影のように、自動車のヘッドライトが、闇の彼方に光っていたからだった。空気は冷たく、しかも湿っていた。だが、彼の前に、一人の黒い影が立ちはだかり、彼の歩みを阻止した。

「ここは天下の王道ですよ」と青木は醒めやらぬ酔いに舌をもつらせながら言った。王道？いや、公道というつもりだったのだ。

彼にはすでに自分がどういう境地に置かれているかを理解していながら、些細な言い違えの方にこだわった。王道？　一体、王道がどうしたというのか。

「金があるだろ、置いてゆけ」と黒い影の一つが言った。青木は目尻を覆って垂れさがった自分の髪の毛が、夜の闇の中にも白く光るのを、深い悲哀の情でみていた。

「聞えてるのか」と相手は言った。青木は、何故ともなく自分の年齢を過度に意識し、微笑しながら、両手をすすんでホールドアップした。昔、シナ服をまとって、彼は幾度か満洲の僻地を訪れ、そして幾度か匪賊や満洲土民にとりかこまれた経験があった。諮政局や、協和会の前身だった自治指導部の青年たちも、情報蒐集、移民のための土地選択、そしてまた徴税ルート整備のために、奥地に潜入していた。一たん出発したまま帰ってこない者も少くなかった。匪賊に殺されたか、雪に道を見失って行きだおれたか……。彼は別に恐怖は感じなかった。ここは法治国日本の内地であり、巷の暴力団に政治性など薬にしたくもなかったからだ。

彼は命ぜられるままに時計をはずし、内ポケットから、もうほとんど空になった財布を取りだして投げあたえた。黒い四人の集団は、白い呼気を闇に吐き、目玉を野獣のように光らせながら、手をあげたままの彼の内懐を探り、バンドの下、腹巻きの厚みをまさぐった。彼の酔いはこのとき急速にさめ、はじめて彼は恐怖にとらわれた。自分がなお、腹巻きの中に、大金を所持していることを不意に思いだしたからだ。

「こいつ、まだ何かを匿してやがる」と誰かが言った。

逃れようとした彼は足ばらいをかけられて不様《ぶざま》に地面に顚倒した。くやしい後悔の念が起った。馬鹿げた目にあっている。つまらない気紛れのために、愚劣な目にあっている。起きあがった彼はふたたび背後から衝きとばされて板塀に頭をうちつけた。後悔の念が不意に怒りに変った。

「君たちは何だ」と青木は言った。

「身ぐるみはいで置いてゆけ」と黒い影の一人が言った。まだ声変りのさなかにあるような若い声だった。

「君たち、こんなことをしていいと思うのか」

「なにを、この老いぼれが」声とともに、自分のスウィングを楽しむように模範的な拳闘のかまえをみせて、黒い影の拳が下顎にとんだ。

「やめなさい」と哀願するように青木は言った。「私を本当に怒らせるつもりでないならやめなさい」

遠く大道路を消防車の駆けすぎる音がし、奇妙な懐かしさを誘いながら半鐘の余韻を残した。

「偉そうなことをぬかしたな。この老いぼれが、怒れるものなら怒ってみやがれ」

その瞬間、世界が一転した。何が起ったのか。溝からあふれる洗剤の泡が、滔々《とうとう》と流れる大河と化すような幻覚が起り、青木は落ちていた安物の傘を拾いあげて身構えた。

「若造ども」と青木はゆっくりと言った。「本当に殺しあうつもりか」

彼の声音の急変に気押されてたじろぐのを見ながら、彼はその時、暗闇の中で自分が微笑しているのをはっきりと意識した。なぜ、微笑したのか？

「見ておけ、本当に人を殺すのはこうするものよ」

銃剣をかまえるように腰をおとし、気合もろとも洋傘をつきたてた時、タイヤから空気のぬけるような鈍い物音がし、そしてつんざくような悲鳴がおこった。板塀に沿って、泥人形のように一つの黒い影がばさりと倒れ、青木は生温かく濡れた傘の柄をにぎりしめたまま、いま一人の影に向って迫っていった。甘やかされた若造ども……ちゃちな反抗に自己満足している貴様らになにができるか。平和に飼いならされた柵の中の豚どもに、人ひとり本当に殺せるか……

冬の夜の空気がねばりつくように鈍重に流れ、沈黙に耐えられず恐怖にふるえる三つの影が、無意味に白い呼気を吐いた。青木の目に、それらの影の痙攣が、解剖台の上の蛙のように矮小に映った。見すえられて逃げることもできない虫けらども……。

彼はもはや狂気だった。にもかかわらず、いまだかつてないほど心安らかであり、彼は今ひとつの影に向って迫ってゆきながら、たしかに微笑している自分を意識していた。なぜ、微笑したのだったか。

五

夢のうちにも現実の悪臭のただようのを意識しながら、彼はなお眠りの世界に眷恋していた。部厚い毛布の外套にくるまり、鼻先や眉毛に積る雪の粉をはらいながら、彼はどこかの駅の柵外に立って、しきりに何かを叫んでいた。敗残兵だろうか、規律もなく疲れはてて銃を杖ついた兵士や痩せさらばえた軍馬が駅頭にあふれている。兵士たちのカーキ色の外套は粘土細工の人形のように動かない。駅前の旅館から、情景にはつりあわぬ頽廃的な三味線の音が流れてくる。彼はただひとり日の丸の小旗を持って、便所わきの柵ごしに兵士たちを見送っているのだった。天は何を悲しむのか、限りない白い粉を降りそそぐ。彼は旗を振りつづけ、そしてふと気付くと旗はちぎれて飛んでしまっていた。いつのまにか、場面は倉庫の中のような埃っぽい大部屋に変り、今度は本当に粘土細工の人形の前で彼は何かを叫んでいた。粘土細工ではなく、マネキンだったろうか。奇妙に肉感的な人形は、首だけが転がっていたり、手足がばらばらにはずされたりしたまま山積みになっている。足もとに転がっていた子供のマネキンの首を蹴飛ばすと、それは哀しげな悲鳴をあげた。彼はしかしその声のした方は見なかった。夢の中でありながら、そちらを見てしまっては、すべてがおしまいであるような気がしていたのだ。彼は演説をしていたのだった。その演説はなぜか漢文調だった。いや、演説ではなく、彼の読み下す漢文を、マネキンたちに復唱させていたのだった。

力を以て仁に仮るものは覇、と彼は一節を読む。人形たちの悲し気な声が斉する。チカラヲモッテジンニカルモノハハ。覇は必ず大国を有《たも》つ。ハハカナラズタイコクヲタモツ。徳を以て仁を行うものは王。トクヲモッテジンヲオコナウモノハオウ。王は大なるを待たず。オウハダイナルヲマタズ……彼は復唱する者の声が小さいと言って怒った。

そんなに叱っちゃ可哀そうです、みんな親なし児なんですから、と誰かが言った。振り返ってみると、秘書の水谷久江が、お盆の上に雪饅頭を一ぱいにもって、人形たちに配ろうとしていた。そんなものは腹のたしにはならんよ、と彼は言った。いいえ、これでもないよりはましなんですと秘書はあらがった。いつの間にか兼愛園の職員たちが勢ぞろいしていて、一つ一つ人形の前に、紅白二つずつの雪饅頭を配っていた。人形たちは、死魚の瞳のように瞬きを忘れた目をみはり、口許に近づければたちまちに融ける雪塊を、よだれのように流しつづけながら、彼の顔を茫然と見詰めていた。

横に寝ていた未決囚に揺り起されて、青木は目をさました。起床合図のベルが、重々しい鉄の扉の彼方に鳴っており、同房の未決囚たちは、ドンゴロスのようなそれぞれの蒲団を畳んでいた。彼は扉から二番目、わずかながらも新鮮な空気が鉄扉の隙間からしのび込む位置に寝ていたが、それでも部屋の隅の糞尿桶からにおう悪臭のために、鼻の周辺だけが異様に汗ばんでねばっていた。

面会室の金網が、あたかもヴェールのように複雑な陰翳を作って、水谷久江の蒼ざめた顔が病的に美しく見えた。彼は立ちあいの警官に指示されて粗末な椅子に坐り、理由もなく時間を確かめたく思い、没収されて空っぽの小ポケットを、懐中時計を求めて空しくまさぐった。

「一体どうなすったの、先生」

付きそってきている中里をはばかることもなく、水谷久江は、口を嬰児のようにすぼめたまま大粒の涙を流した。彼は何事も感ずることなく、平静にそれを見ていた。彼と水谷の間には、そして他の職員たちとの間にも、元来、超ええない柵があったのであり、いまそれが目に見える金網に変ったとしても、特別な感慨のあるはずもなかった。いやむしろ、彼は安堵したような気分にすらなっていたのだ。

私にはもともと、もはや自分を正当化すべき理論はなにもなかった。一たび権力の使徒となり、そしてその背光を失ったのである以上、なにによって自己を正当化しえようか。私はあの時以来、人間と人間の営みの一切を信じてはおらず、また自分自身をも信じてはいなかった。

あまりに多くの死体、――クリークに頭をつっこんだままの兵士の死体、顔や頭の皮を裂かれて死んでいた男、頭をぶちわられた子供、下着をはぎとられ、股を不様にひらいて死んでいた女、――それらあまりにおびただしい死体の幻影ゆえに、現に生きている人間を、なにほどかの喜怒哀楽をもつ人間としてすら見てはいなかった。私にとって、唯一つ信ずべきものは、その果ての茫漠として煙にかすむ曠野であり、その上に感情なく輝く星々の冷たい光だけだった。

「何かの間違いなんでしょ。先生」水谷久江は言った。中里は若い野獣のように鋭い目を青木と水谷の双方に注いでいた。

「いや間違いではないんだよ」と青木は微笑して言った。

「私は人を殺したんだよ、何人もね」

「嘘です」と水谷は叫んだ。立合いの警官が水谷の声の大きさをとがめるように、足踏みした。

「もし、打ちどころが悪くて、人が死んだとしても、それは相手の人が悪いんです。新聞にも先生のお金を奪おうとした人々は、みな前科のある町のダニだと書いてありました。正当防衛です。兼愛園のためのお金を守ろうとなすった正当防衛です。先生が理由もなく人を打たれたりするはずがありません。たとえ頬を打たれても、打ちかえされたりなさるはずがありません」

「有難う、だが時間が乏しいから」と青木は言った。「連絡しようと思っていたことをまず伝えておこう」

「弁護士のことでしたら、神戸市議の山下さんの紹介をいただいて、先刻、吉岡法律事務所へ寄ってまいりました」中里が言った。

「いや、有難う。しかしおそらく裁判は非常に長くかかるだろうから……」

「吉岡弁護士は、不幸な事件だが警察も正当防衛であることは認めているようだから、保釈はできるだろうとおっしゃっていました」

「いや、そうはならないだろう」青木は抑えつけるように言った。昨夜、指紋をとるために塗られたインクのしみがなお掌の中に、血糊のねばりのように残っていた。彼はしばらく、自分の掌にぼんやりと視線をおとした。満洲の開拓団に加わった頃には、掌の一面を覆っていたマメは今はない。掌もまた自信を失って皺ものび柔弱になっている。だが……

「兼愛園の経営のことだがね、この間、水谷君に言っておいたのだが、私の裁判のいかんにかかわらず、私は隠退したものとして処理してもらいたい。県庁の厚生課の真鍋課長に細かい手続きのことは尋ねるといい」

「先生のお留守の間は、全職員の共同で運営しておきましょう」中里が言った。

「それはいかん」と青木は言った。「全員の自治、全員の共同責任、それは言葉としては美しいが、それは経営の非能率と無責任を結果するだけだ。今、現に社会を主導している体制をなにほどかに模倣せずしては、いかなる集団も存続しえない。世の中というものはそういうものだ。全員が等しく責任を負うということは、結局、何もせんということと同じことなのだ。若さゆえに人間を知らぬということは悪ではないけれども、みすみす失敗するとわかっている方法を採用することは少くとも賢明ではない。水谷君、やれるかね」

「そんなことは、後で、いつでも……」水谷久江が泣き声で言った。

「わからんのか」と青木は怒鳴った。「私の存在が兼愛園にとって迷惑なものとなった以上、君たちの方からでも、出来るだけ早く私を排除しなければならんことが解らんのか。妻の精神病が私にもまたあらわれたとでも声明し、青木隆造はもはや兼愛園と何の関係もないのだと人々に思わせねばならんことが解らんのか。中里君、君には解るだろう。兼愛園という小さな組織を、しかし組織には違いないものを守るために、いま何を為すべきか、君には解るだろう。君が主事になり、水谷君を園長に立てて、兼愛園を改組してやってくれ。水谷君ひとりでは重荷にすぎるだろうが、君が参加していてくれて幸いだった。十数人の職員諸君はみな善意の人々だが、事業の経営は善意や道徳とは関係はない。君が可能性としてもっている政治的手腕を信頼して頼む。水谷君に力をかしてやってくれ。援助を依頼すべき人々の名は、あとで手紙ででも知らせよう。いま返事を聴きたい。水谷君、中里君、やってくれるか。それとも兼愛園を整理し閉鎖するか。いまはまだ私は園長だ、どうかいま決めてくれ。いま首を縦に振ってくれれば、私は一切手を引く。あとはどう改組してくれてもいい。どうだね」

沈黙があり、中里は珍しくうつむいて目をとざした。たしかに無理もないのだ。話は唐突すぎた。しかも、中里が組合作りや、社会主義理論に相当に有能ではあっても、従来の彼にとって兼愛園は雌伏のための一時の借り家にすぎない。事実、彼は小っぽけな福祉事業団体に埋もれさすには惜しい人材だった。詳しくは穿鑿したこともない履歴上の何かの欠陥が、陽の当る場所への就職をはばんだとしても、彼にはまだ多くの活躍の可能性、多くの達意のための領域が残されている。

「どうだね。一生とは言わん。水谷が園長として自立できるまで、助けてやってくれんか」

設問は苛酷ではあるけれども、いま逡巡するような人物なら、中里は信頼するに値しない。人間には、その者が抱懐する理念や思想の外に、なお、必要なときに必要な決断をなしうるか否かの能力というものがある。いま、はっきりと断るか、それとも……

「やりましょう」と中里は年齢に似合わぬ重々しい声で言った。

「有難う。ただ銀行や官庁関係には、君自身はあまり顔を出すなよ。世の中は決して甘くはないからね。君はあくまで参謀役としてかげに隠れて水谷を指図してやってほしい」

「解ってます」

「水谷君、すまないね。ま、当分は結婚を諦めて仕事をしていってほしい。もちろん、聖女でなくていい。聖女のような顔をしてね……」

秘書はものも言わず、大粒の涙を頬に流しつづけた。面会時間は、青木の方の一方的な宣託の間に終ってしまっていた。

彼は何かを言い残したのだが、顔をあわしている間は、それが何であったかを思い出せず、そして面会室の扉が彼の背後で閉ざされたとき、彼はかつて園児たちと見たテレビの情景を思い出した。個人生活の無内容さまでが表情に出ている美男俳優が、愛する劇中の女医に依頼されて撃てるピストルも撃たずに、不様に、ゆっくりと泥溝に倒れてゆく。彼はその女性への愛に殉じて死に、子供たちの偶像は堕ち、そして貧民窟は平静に戻る。

すべての道徳を失った者の最後の奉仕としての〈見せしめの人生〉……。

彼はすでに閉ざされた面会室の扉をふりかえり、微笑しながら、水谷久江に呼びかけた。たとえ大声をだしても、もう届かない呼びかけを――。

「どうだね。これでいいのかね。水谷君」

「そっちじゃない、こっちだ」

面会室から未決監の入口に戻り、身柄を警察から担当看守に引きわたされた時、青木は精神病院にいる妻の世話を水谷に依頼するのを忘れていたことに気付いた。雨が降っても風が吹いても、必ず隔日に訪れていた病院では、妻は病院の食膳から漬物や豆を、一きれか二きれずつ残しておいて、彼に無理強いに食べさせるのが常だった。あたかもそれが、満洲の曠野を流浪したさなかに、ポケットにしのばせた大豆の粒を、夫にもかくしてこっそりと齧ったことの償いででもあるかのように。殺風景な病室には、ベッドのわきに小さな経机が据えられ、幼くして生き別れた二人の子供たちの位牌が並べられている。窓から射す日の光は、その位牌の前をかすめ、そして消えてゆく。位牌の前にもまた、彼女の朝食の惣菜がすそわけされて供えられている。姿なき児らと何を対話しているのか、狂った妻は、もはや進行をとどめた彼女の時間の中でひっそりと背をまるめ、子供用の手袋や靴下をつぎつぎと毛糸で編んでゆく。彼が兼愛園を離れていらい、あの手袋は、もう三度は編まれそしてほどかれたであろう。何の訪れを待っているのか。非合理な世界に対する恐怖と怒りを、狂気と自己閉塞によってしか表明しえなかった女性の、それが永遠の徒労に終る、何ものかへの期待の姿なのだ。彼が行かなかった間、彼に分ち与うべき大豆や漬物は、経机の片隅に空しく腐敗して悪臭をはなっているだろう。看守の足音のように、日は一日一日と訪れ、そして過ぎ去ってゆく。漬物と豆粒を経机に積みながら……。青木は狂暴な怒りの発作に駆られ、不意に振り向いて、彼をこづきまわす看守を殴りつけようとした。だが、青木は思いとどまった。無駄だ！　無駄であることは、解りすぎるほど、解っていたからだった。

冷たいコンクリートの床、昼間から灯されている薄暗い裸電球の明り。左右に鉄の扉が等間隔に並び、配膳係の青服が配膳台をものうげに押しながら、扉から扉へと巡礼している。苛立って肩をついて歩ませようとする看守を無視して、彼は立ちどまり、ゆっくりとあたりを見廻した。自分を取りまくコンクリートの壁が、あたかも、幻の国の象徴であり、そして長年さまよい歩いた自己の安息の象徴でもあるかのように。彼は今すぐにも法廷に引きだされる者のように、裁判官に向って投げつけるべき言葉をまさぐり、反芻した。

私はあなた方にこそ裁かれたかったのだ、と。

満洲人にも朝鮮人にも中国人にもロシア人にも、私は何故か裁かれたくはなかった。私は私と同じ罪、同じ犯罪の共犯者である日本人たるあなた方に……かつては、私と同じ国家の名において行動し、そして後には、私が黒く昏の部厚い子供の手をひいて町の者に石を投げつけられているとき、何事もなかったように着々と出世し、私が己れの心の深淵を覗き込んでおののいている時、議会や官庁で鉄面皮な受け答えをし、テレビにうつし出されては、未来に何の不安もないかの如く、にやにやと笑いながら嘘八百を並べたてていた、この国の指導者、立法者、行政者、そして司法者たち。私はあなた方にこそ裁かれたかったのだ。

どんなに足掻《あが》いても人はその時代からは抜けだせないものなのに、意外にもくだらぬ男たちとのかかわり合いから、私は社会の外へとはじき出され、そしてあなた方に裁かれる。私はたしかに意識的に人を殺した。それも一人ではなく、二人、いや二人ではなく三人、いや三人ではなく……そして今私には解るのだ、心の奥底で、誰かに情容赦なく裁かれたがっていたのだということが。長い間、何かを渇望しながら常に満たされることのなかった、その渇望とは、誰かに完膚なきまでに罰せられつくすことだったのだ。それも他ならぬ、あなた方に。

なぜなら、生きながらえても死んでしまっても、もう自分にとっては同じことだという状態、そういう気持が、あなた方にも瞑目して胸に手をあてれば解るだろうからだ。少くとも秀れた人々には解るはずだ。すべては昨日今日のことではない。一匹の蜘蛛にも蜘蛛を支える無数の網の目のあるごとく、一人の人間の存在にも、一つの行為にも、久しい由来というものがある。その糸をたぐり、調べ訊問し、そして裁いてみよ。何がでてくるか、目をそらさずに見つめてみよ。

妻は彼が伴れて逃げた子供をどうしたのかは知らない。妻にとっては、混乱のさなかにふと気付いてみれば、青木とその子供にはぐれていたのだ。いや、青木が開拓団員と共に妻を見棄てたことまでは気付いていたかも知れない。だがそれ以上は舌を噛んでもいわないのが、青木の妻に対する最後の慈悲だった。

だが必要とあらば、あなた方には言おう。破壊されずに残った橋梁を渡るとき、そこを走れば弾丸がとんでくるかどうかを確かめるために、先に行きなさい、お父さんははぐれたお母さんを探してくるからと、その橋を子供に渡らせたのだ。長男はまだよちよち歩きの次男の手を引き、うしろを振返りながら、夕暮れの真赤な太陽が蜃気楼のように浮び上らせている橋を渡っていった。そして、その橋の中途でピシピシと空気を鞭打つような響と共に、二つの影は倒れた。だが、それはまだ死んだわけではなかった。やがて起き上った長男は泣きわめく次男を背負い、最初父子がひそんでいた叢の方へ戻ろうとした。子供たちが戻ってくれば、敵兵を青木のところへ案内するようなものだ。事実、銃剣を持った兵士の影が橋のたもとに現れ、子供のあとを追いはじめた。彼は、小さく二人の名を呼び、そして——二人の声を合せた泣声を聞きながらひとり逃げた。それが皇紀何年のことであり、満洲国年号の康徳何年何月何日のことか、満洲のどの土地、どの橋梁でのことかも、あなた方に聞かせよう。

だが私は主張する。私を裁くものは国家であることこそ望ましいと。宗教でもなく、良心でもなく、道徳でもなく、この東方の小島の上に君臨する権力、一たび世界性を持とうとし、もろくもついえた国家であるべきだと。なぜなら、私の青春のすべては文字通り、幻の国の建設に捧げられたのだから。

そう、私は、私たちは、わずか十数年の命運しかもたなかったけれども、この地球上に一つの国家を造ろうとしたのだ。彫刻のように半永久的に保存される命数もなかった。絵画のような色彩の華やかさもなかった。しかし、私は、政治を毛嫌いするいかなる科学者や芸術家にもまして現代を生きた。奢れるものは久しからずの喩え通り、それはつかの間に滅びたけれども、いかなる王道、いかなる仁政もまた、それに先行する覇道の上にしか築かれない。いずれは滅びるものとしてのその覇道に私は荷担し参与した。さあ裁いてみよ。国家を建設するということがどういうことか、国家とは何であるか、あなた方に解っているなら、裁いてみよ。国家の名において裁いてみよ……

「おい、どこへ行くんだ老いぼれ。そっちじゃない、こっちだ」と看守が言った。

あとがき

この作品は最初、雑誌「文藝」の昭和四十年六月号に発表された。いま単行本として上梓するまでに足かけ四年の歳月が流れているのは、この作品を大はばに改訂するか否かの決着が容易につかなかったからだった。

雑誌に発表した直後から、親しい友人たちはより大規模な長篇に拡大されるべき内容であろうと忠告してくれたし、日本人の昭和の精神史を内部から文学を通して反省し批判するという私自身の意図からも、その忠告はうなずけるものだった。

太平洋戦争の敗戦を〈終戦〉と言いかえた時から、考え尽すべき多くの問題が、抑圧されあるいは単に忘却してすまされることとなったが、その半ば無意識的に忘却されようとしたもののうち、もっとも重大なものの一つは、幻の帝国——満洲国の建国とその崩壊である。

私見によれば、それこそが明治維新いらいの日本民族の物理的エネルギーから精神構造にいたるまでの、活力と矛盾、夢想と悲劇の集約であって、この体験と苦渋、独善と錯誤を伏せてはいかなる未来志向もありえないはずのものである。

だが、あたかも敗戦直後の小中学校の教科書が、都合の悪い部分を墨で消して、直輸入された政治的観念を接穂することで一時を糊塗したように、この満洲国のことも単に記憶から、あるいは歴史の記述から抹殺されたにすぎなかった。一時の異常事、一時の異常志向として、まがりなりにも平和な日常性を獲得できた戦後の世界とは無縁のものとみなしたのである。残念ながら、過去の蹉跌を切断することによって現在の苟安をむさぼろうとするのが戦後を主導した日本人の態度であった。

だが私は強くその態度を嫌悪する。

一個人の内面においても、その人の実存とかかわるものとして行為された経験や認識は、たとえ新たな局面への適応のために意識の深層に埋められることはあっても、まったき空無と化すことはありえない。もしそれが空無と化すなら、以後の体験や思惟は、零にかけあわされるすべての数字が零となるように、空無化するであろう。たとえ意識の表層からその姿を消しても、より深い奥底から絶えず怨念の呟きを投げかけるのが、体験であり認識であって、そしてそれが不愉快で耐え難い怨霊の声に似ていても、そうした呟きのあることが、その個人がなお人間であり、人間的でありうることの証左である。

民族の精神史にあっても、まったく同じことが言えるのであって、ある異常時に思い描かれた共同の幻想が、相対的安定期の幻想と一見異質のようにみえても、その根は深く不可視な地下茎でつらなっている。そして、現在の行動様式にも、正負いずれかの作用をおよぼさずにおかない。民族的な体験もまた、たとえ汚点であっても、それは抹殺することは不可能であり、その汚点をどうどんなかたちにか再構成することができるだけなのである。

私個人は、この作中の主人公とは世代も違い、主人公がそうであるような経験をしているわけではない。満洲に生まれたわけでもなく、親戚知人に開拓農民がいたわけでもない。もし私小説的発想に、文学が固執し呪縛されてあることを容認するなら、こうした問題は、歴史家や哲学者、あるいは理論的思考力をもつ新しい政治家に託すべきであって、文学がことさらに公にすべき問題ではないという結論になるだろう。むろん私とても歴史家や哲学者がそれぞれの立場から、なにがあの現代のソロモンの栄華を満洲の曠野に築かせ、なにがたちまちにしてそれを崩壊せしめたのかを苦痛をさけずに剔抉すべきことを期待しつづけた。文学が文学本来の美的領域に安住できるようになることを期待しない文学者があるだろうか。しかしながら、戦後、東京裁判でその一端があかるみに出、あるいは満洲建国に参与したものの数種の回想記や、敗戦時の開拓団の悲惨な流氓の、不完全な実録こそ公刊はされたが、その本質的な意味の考察は、私の知る限り、他のいかなる分野でもなされなかったのである。

これにはやはり、人間の内面のあり方の問題がからんでおり、それゆえに、文学の問題でもある。個人としては敗戦時には一中学生にすぎなかったとはいえ、急激な教育体系の転換を通じて、人間の内面の持続と変化に関して深い懐疑の念をいだかざるをえなかった私の問題領域の範囲内にある、と言わざるをえない。

ただ初めの意図は、精神史のある局面を、一人の典型的人物によって象徴することに比重がかかりすぎていたために、満洲建国と崩壊についての、ありうべき複数の視点が、この作品の中には導入されていない。人間は複雑な関係性と、動と反の相互作用のなかでの意味的存在であって、一つの事件、一つの陰謀、一つの行為も、立場を異にすればその評価や対応策は変ってくる。長篇小説とは、まさしく、そうした複数の視点を含ませうる恵まれた思考の場であって、たとえば中国人側の、この幻の国についての憎悪や憤激、あるいは満洲土着の民や朝鮮民族の不安や期待、反感や懇望などそれぞれの心情的な参加の仕方をも描こうとするなら、――あるいはまた日本人側にあった種々の立場や思想の角逐に焦点をあてるなら、必然的にこの作品は、より包括的な長篇に改められねばならないだろう。

友人の忠告もあって、私が四年間にわたって悩んでいたのは、まさしくそのことだった。好意的な友人の忠告を待つまでもなく、作中人物の肉付け、換言すれば作中人物の内部に乗りうつり、もぐり込みえているのは、主人公だけであり、他の人物たちは自らは発光しない衛星であることに甘んじていることも、少し期間をおいて読み返す過程で私は気付いていた。長篇・中篇の発想の差にかかわる問題とはいえ、それは確かにくやしい一つの欠陥である。

だが幾度か稿を改めようとして筆をとりつつも、私は修正するよりは、まったく新たに別の作品を書く方が生産的であるという表現上の平凡な真実に立ち戻らざるを得なかった。作中人物への情念的な乗り移りは、最初に立てた全体の構成と相関的なものであり、また、一回限りの悪魔の摂理とでもいうべきものがあって、後に批評家的視点に立ちえて解る欠陥を下手にいじくると、かえって全体の構成に破綻をきたし、デモーニッシュな情熱に見はなされた形式的修正におわる。

四年足らずの逡巡は結局、作品を雑誌に発表してのちも関心をもって読んでいた諸資料により明らかになった事実誤認の部分をわずかに訂正することにとどまったのはそのためである。しかしながら、多くの不満を作者自身が感じているにせよ、なお、この主人公青木隆造を造形しえたことだけでも、この作品には充分意味があると私は思っている。

いやむしろ、いまもなお、この主人公は、私であり、あなた方であると言いうる倨傲《きよごう》を敢てしたいと思っている。この作中の主人公は、いまは一つの暗い影、過去の亡霊にすぎないと思われるかもしれない。しかし、いま平和を享楽する人々もまた例外なく一種のドッペルゲンガーであり、そのもう一つの影の存在はおそらく、この作中人物の姿に酷似しているはずだと私は思う。

昭和四十四年一月四日

著者しるす

P+D BOOKS ラインアップ

三匹の蟹　大庭みな子　●愛の倦怠と壊れた〝生〟を描いた衝撃作

冥府山水図・箱庭　三浦朱門　●〝第三の新人〟三浦朱門の代表的2篇を収録

虚構の家　曽野綾子　●〝家族の断絶〟を鮮やかに描いた筆者の問題作

地を潤すもの　曽野綾子　●刑死した弟の足跡に生と死の意味を問う一作

幼児狩り・蟹　河野多恵子　●芥川賞受賞作「蟹」など初期短篇6作収録

海市　福永武彦　●親友の妻に溺れる画家の退廃と絶望を描く

P+D BOOKS ラインアップ

風土　福永武彦　●芸術家の苦悩を描いた著者の処女長編作

夜の三部作　福永武彦　●人間の〝暗黒意識〟を主題に描く三部作

黄昏の橋　高橋和巳　●全共闘世代を牽引した作家〝最期〟の作品

堕落　高橋和巳　●突然の凶行に走った男の〝心の曠野〟とは

生々流転　岡本かの子　●波乱万丈な女性の生涯を描く耽美妖艶な長篇

長い道・同級会　柏原兵三　●映画「少年時代」の原作〝疎開文学〟の傑作

P+D BOOKS ラインアップ

居酒屋兆治 山口 瞳 ● 高倉健主演映画原作。居酒屋に集う人間愛憎劇

血涙十番勝負 山口 瞳 ● 将棋真剣勝負十番。将棋ファン必読の名著

続 血涙十番勝負 山口 瞳 ● 将棋真剣勝負十番の続編は何と〝角落ち〟

夢の浮橋 倉橋由美子 ● 両親たちの夫婦交換遊戯を知った二人は…

城の中の城 倉橋由美子 ● シリーズ第２弾は家庭内〝宗教戦争〟がテーマ

アマノン国往還記 倉橋由美子 ● 女だけの国で奮闘する宣教師の「革命」とは

（お断り）

本書は1969年に河出書房新社より発刊された単行本を底本としております。
あきらかに間違いと思われるものについては訂正いたしましたが、
基本的には底本にしたがっております。
また、底本にある人種・身分・職業・身体等に関する表現で、現在からみれば、
不当、不適切と思われる箇所がありますが、著者に差別的意図のないこと、
時代背景と作品価値とを鑑み、著者が故人でもあるため、原文のままにしております。

高橋和巳（たかはし かずみ）
1931年（昭和6年）8月31日—1971年（昭和46年）5月3日、享年39。大阪府出身。1962年『悲の器』で第1回文藝賞を受賞。代表作に『我が心は石にあらず』『邪宗門』など。

堕落

2018年7月16日　初版第1刷発行
2023年7月12日　第3刷発行

著者　高橋和巳
発行人　石川和男
発行所　株式会社　小学館
〒101-8001
東京都千代田区一ツ橋2-3-1
電話　編集　03-3230-9355
販売　03-5281-3555
印刷所　大日本印刷株式会社
製本所　大日本印刷株式会社
装丁　おおうちおさむ（ナノナノグラフィックス）

ISBN978-4-09-352342-4

P+D BOOKS